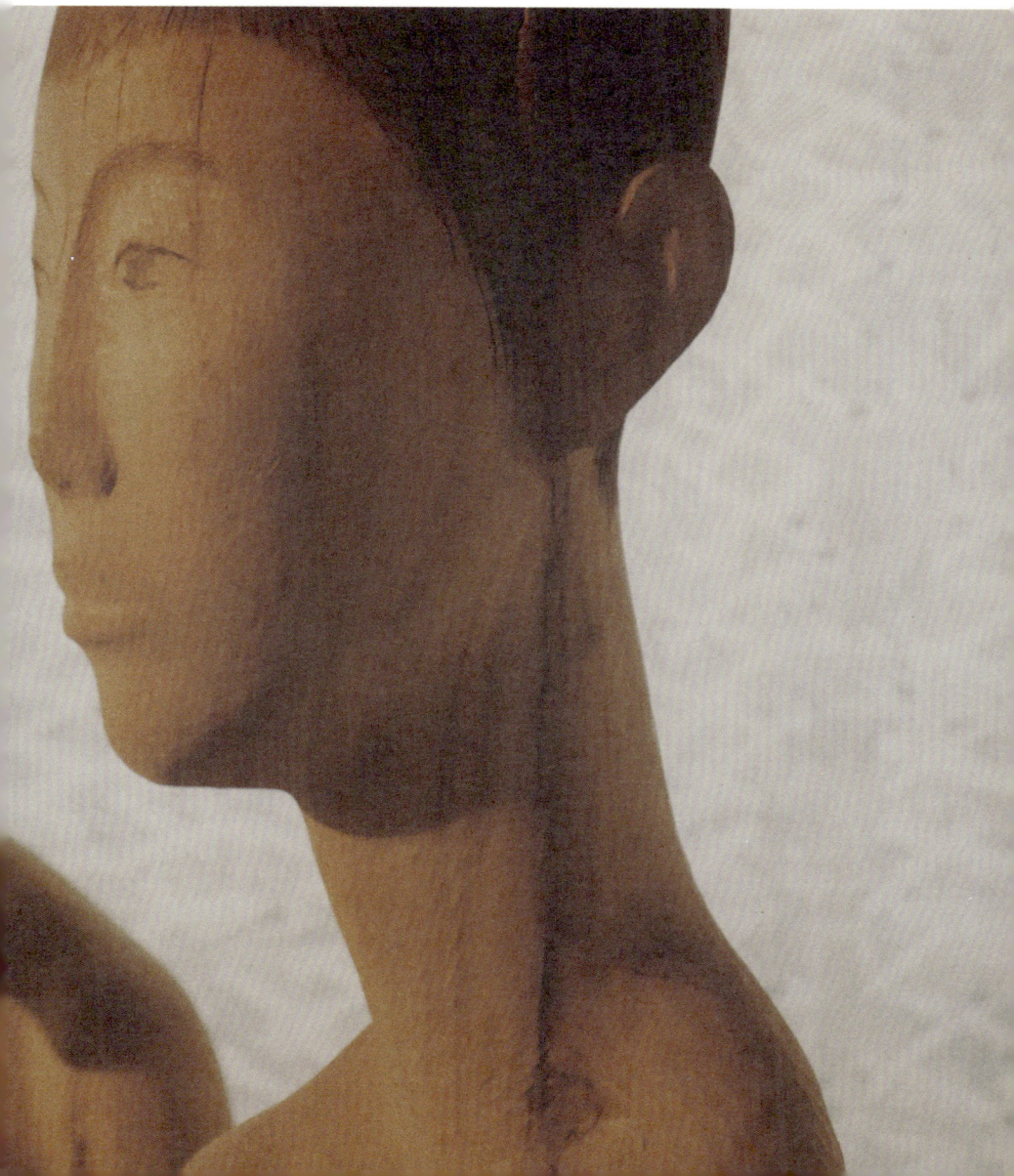

写给这路上所有无法重逢的告别

如果我们不能再见

那就让此刻的相聚再久一点点

哪怕只是多一秒

How
should
I
say
goodbye

我该如何说再见

这么远那么近

作品

北京联合出版公司
Beijing United Publishing Co.,Ltd.

图书在版编目（CIP）数据

我该如何说再见 / 这么远那么近著 . -- 北京 ： 北京联合出版公司，2016.11

ISBN 978-7-5502-9161-4

Ⅰ．①我… Ⅱ．①这… Ⅲ．①长篇小说－中国－当代 Ⅳ．① I247.5

中国版本图书馆 CIP 数据核字（2016）第 265001 号

我该如何说再见

作　　者：这么远那么近　　　选题策划：盛世肯特
出 品 人：唐学雷　　　　　　出版统筹：柯利明　林苑中
特约监制：丁元元　　　　　　特约策划：丁元元　杨超男
责任编辑：李 红　徐秀琴　　特约编辑：杨超男
营销推广：姜　涛　　　　　　特约校对：雕龙文化
装帧设计：80 零·小贾　　　　内文配图：箱 舟
特别鸣谢：流水纪　远近电台　音乐支持：太合音乐集团合能量
责任印制：张军伟

北京联合出版公司出版

（北京市西城区德外大街 83 号楼 9 层　100088）

北京市平谷县早立印刷厂　　新华书店经销

字数 165 千字　　880 毫米 ×1230 毫米　　1/32　　9 印张

2017 年 4 月第 1 版　　2017 年 4 月第 1 次印刷

ISBN 978-7-5502-9161-4

定价：39.80 元

本书若有质量问题，请与本公司图书销售中心联系调换。电话：010-57892599

目录 contents

都说习惯了告别，但我们没有

我不喜欢深夜，是因为沉重，但我写文章的很多时候，都是在夜里。

打开文档看了一眼，写下这本书的第一个故事，是 2014 年的 9 月，转眼近两年的时间过去了，有些时候我会回想起这些故事中的某些细节，想着什么时候能够把它们重新放在这一篇篇的故事里，可过了一段日子，就忘记了。

我们的生活远远比故事要复杂，这里面有的是让自己捧腹大笑或者感怀落泪的桥段，有文字都无法描述的无厘头和小荒诞，更多的是让自己也不愿意再回忆的情感，所谓的感同身受，大概就是你们看到我写的故事，然后回忆起自己的往事。

所以此时此刻写下这篇序言，只能算是为回忆打开一个匣子，算是一种喃喃自语吧。

反正，这世界上没有真正的感同身受，正如我们都谈再见，但实际上有多少离别，来不及道声再见。

感同身受不等于完全理解，而再见，也不意味着就一定会重逢。

记得前几天，我一个朋友对我说：你知道吗？其实大家都在背后议论你，议论你为什么有些时候很暖心，有些时候又狠心。

我有些奇怪，问道：这很矛盾吗？朋友摇摇头：不是矛盾，而是你把这两面都表现得太过明显，让自己的善恶都那样的昭然若揭。

想了想，我还是不知道该怎么回答他，或许作为白羊座的我实在不善于把情感掩饰在心里，我妈曾经就说我，任何的喜怒哀乐都在脸上，看一眼就知道了。

但大人们都教育我们说，真正的长大，是将自己的喜怒不行于色，不要让别人一眼就看穿你，尤其是看穿你此时的心情。

坦白说，我还是没有做到。

我们已经站在了成人的世界里，却依然没有学会成人的规律，没有学会这个世界的游戏规则，我们总是觉得有好多时间，总是以为凡事都可以从头再来，但正如这个世界上没有相同的两个指纹一样，这个世界上，也同样没有可以从头再来的一模一样的道路。

我没办法做到隐藏自己的情绪，我曾想过，这或许就是我不太擅长写故事的原因吧。

我见过的好的作家，他们用一篇篇精妙的故事和写作技巧，构架出一个个异常精彩的世界；他们用自己的脑洞和情感，将自己的所思所想所见所得放置于一个个虚拟的故事里，依托于自己笔下的"乌托邦"。

我尝试过了，我真的认真尝试了。我看许多故事，我读写作技法的文章，我研究那些故事中的套路，但毫无例外的，我都失败了，我始终都想从这些看似冷漠的技巧里，看到作者所蕴含的真实情感，都想从他们虚构的一个个人物上，找到属于作者真实的蛛丝马迹。

有些时候我很沮丧，没办法啊，我就是写不好故事啊。

或许，我不是一个善于遮掩的人，或许我也不是一个好的写作者，但我出了一本又一本的书，我写随笔、写鸡汤、写散文；同样，我也写故事，在这一本故事集里，我写下了这十几个故事，又是我不擅长隐藏的情绪合集，它叫作再见。

嗯，确实是这样子的，这些你即将看到的故事，都有关于告别，都在说着再见，而我们时时刻刻，不也是如此吗？

在我的成长过程中，我印象深刻的，往往都是一些不重要的事以及其中的细枝末节。我高中离家时，车窗外飞驰而过的树木和绿葱葱的田野，旁边是一个中年的大叔大声地用我听不懂的方言打电话；上大学时送别家人，妈妈拉着我不停地嘱咐，而我一脸不耐烦的表情让她最终放弃，走的时候一步三回头地看着我；姥爷去世后我哭着跪在灵前，磕头烧纸点香，在送别的道路上泪眼婆娑地回忆着曾经的点点滴滴。

有时，我实在是羡慕那些停留在一个地方的人，我也渴望自己一直站在同一片熟悉的土地上，有熟悉的风景和熟悉的人，有我的童年、少年、青年，甚至直至我死去，都在这里。

可我正如父亲说的：你不是一个可以停留在原地的孩子，你的心就是你的翅膀，注定要飞起来，飞得越远越好。

那时我将这句话当作一种夸奖，我以为飞得越高越远，就越能证明自己的能力，我曾将父亲说这句话时的落寞表情当作是不舍，后来过了很多年我才想通，那不是不舍，而是无奈。

因为我已经明白，有些人事，一旦说了再见，就再也没有办法回头了，无论是曾经遇到的人，还是我们所谈的那个故乡。

我曾经看过这样一个问答，问题是：与人道别后是一种怎样的体验？而且还解释了问题，不是要谈再见，而是谈再见后自己的状态。有一条回复让人伤感，他写道：告别后，我时常都在和陌生人打交道，而且没办法熟络起来，害怕下一次的告别如之前一般的伤心。

在那些过去的成长的时光当中，我们多少次和陌生人打交道？我不止一次用冷漠的表象来拒绝旁人的微笑和善意，也在很长一段时间内养成了表面嬉闹却不走心的习惯，学着不去当面表达自己的真情实感，又在一次次的再见后落寞失望，很多时候我都问自己，这样做是否得不偿失。

答案是显而易见的，我们都没有学好该如何道别，我们也没有为再见练习过台词，我们只是学会了铭记，记住那些转身离开的背影，记住他们最后一刻的笑容和眼泪，记住我们曾为相遇付出的真心，也记住了那些伤害和敌意。

因为知道此后的相见遥遥无期，所以时时都在暗示自己此刻要珍惜。

可是啊，我们终究都是好了伤疤忘了疼的人，时间久了日子长了，我们就会以为有些人永远不会离开，也会觉得自己原本下定决心守护的情感开始一文不值，于是渐渐地我们就开始不在乎，也不愿意再付出，这本来美好的情感，就成了一枚开始倒计时的定时炸弹。

嘀嗒嘀嗒，嘀嗒嘀嗒，我们以为是时间的流逝，但实际上它却是在为最后的告别打上注定的烙印，成为我们可能还不自知却无法挽回的分散结局。

我们的心总是有限的，记住想要记住的，就会忘记那些曾经想要记住的，铭记也有时效性，也会分轻重缓急，有时可能因为想要珍惜，有时可能因为情感空缺，就好像是买来的物件，摆在那里，长久不去擦拭，最后就会被遗忘了。

忘记了曾经为得到它付出的决心，以及它的价钱、它的品牌、它的意义，我们像是掸去灰尘一般轻轻将它们移除，只是不管是记得还是忘记，都在我们的一念之间。

我们都是这样的人，都说因为要再见，所以要珍惜当下，可是走着走着，这种初心，也被我们遗忘了。于是我们才要一遍遍被自己和旁人提及，你要珍惜，你要珍惜，我甚至有些厌烦了这种陈词滥调，珍惜有什么用，记住有什么用，它能够带来挽回吗？它能让你我重新开始吗？

哪怕是再感动人心的破镜重圆，也终究会有一条条的裂痕，一旦还要面临再见，会碎成一地的粉末，风一吹就散了。

我就是知道了人与人之间注定是这样的结局，所以写下了这本书。

在上一本的故事集里，我写到了亲人的离世，我曾认为那是最悲伤的离别，是我们无法承受之痛，因为毕竟生死相隔，再没有重逢的机会，于是用了最悲哀的笔调去描述自己的心情，而那也是我最真切的情感体验，生死，就是我们最无法接受的永别。

但冥冥中被我忽略的是，生死是永别，不是告别和再见。因为知道再也无法相见，所以心里不再抱有期望，不再存有幻想，我们只能放手，没有其他的选择，悲伤的是情感的逝去和人的离开，但最终会接受这个现实，因为那已经是永远无法挽回的终点。

我必须承认的是，对于这种生离死别，慢慢地就习惯了，不是说习惯了生死，而是习惯了这种永别的情感，它渐渐地会被时间稀释，变成回忆的契机。

但现在所谈的再见，是以为还会有相遇的机会，比如我写下的那些人，那个学生时代我一直仰视的玩伴、那个总是欺负我的同桌、那个爱人眼中完美的伴侣、那个重新回到家的父亲……我写下的那些人，我以为他们都会回来。

但实际上，曾经说了再见，多年以后再重逢，不是重逢的曾经的你我，时间飞逝而过，很多事情都改变了，你不是曾经的你，我也不是曾经的我，就算我们多年后重逢，又怎么会和往昔一样呢？

所以，老同学再聚只能靠着回忆，儿时的玩伴相遇却无话可说，曾经的爱人爱上了他人，曾经的家人得不到原谅……

你知道再见可怕的是什么吗？可怕的不是我们再也不见，而是我们再见后，才真正明白，人生无常，物是人非。

"物是人非"这个词，才是最残酷的，我们不得不接受的事实。

我写这本书，不是为了告诉你告别的残忍，也不是想要你珍惜现在的拥有，而是让你明白，哪怕你们再重逢，也再不是往日的景象，你们早已站在了不同的道路，前往了不同的世界，你们的隔阂，就在你们曾经说再见那一刻开始，就已经注定了。

这种距离，不是对错那么简单，而是时间平白无故在中间画下了无法逾越的鸿沟，没人能跨越，因为时间永远无法重来。

我是一个喜欢怀旧的人，但我更喜欢不要有那么多的道别充斥在自己的生命里，前途的风景就算是无比撩人或者电闪雷鸣，我也不喜欢用别人的离开来换得自己的太平，那对别人太不公平，实际上也在压榨自己的空间。

挥手之间，总有很多想留下的被我们遗忘，也有很多不想铭记的却被带走，人人都是如此，我们的生活就是充满着各种阴差阳错和不可预料。

唯一可控的，就是让这告别来临的日子慢一点，再慢一点。

我不敢说自己写的故事多么的曲折和精彩，只能说我尽力去描述在这种相遇和离别背后我的真情实感，更多的，我写下的是自己的无奈。

面对生命，面对人事，甚至面对我们自己的日子，已经有一种深深的无力感开始日复一日地萦绕在自己心头，成为我越来越焦虑的原因。

年岁渐长，我已经学会面对，但面对还远远不够，争取也远远不够，因为我知道无论自己如何努力，很多事情都无法改变，这就是所谓的无能为力，我没办法做到洒脱地放手，我只能选择写下它们，记住他们，最后告诉你们。

讲一个故事，不是说故事中有多少曲折的情节，而是让你通过这个故事，了解我的无奈，明白我的放弃，同时，也请观照自己的人生。

那些悠然成梦的岁月，那些肆意放纵的曾经，都可以在挥手之间说声再见了。说再见是一件需要勇气的事情，我们都说应该好好练习说再见，但这并非是熟能生巧的事情，这其实是一件需要下狠心的事情，不回头，不回忆，不期待，不奢望，多需要勇气和决绝啊！

但你知道吗？我们没办法，我们没有理由去固执地挽留一个人停留在身边；我们也不能自私地让那个人因为情感就不去别处，所谓的好聚好散只是对挽留的一种遮掩；我们没办法，既没有办法让相遇早早到来，也没有办法让告别理所当然。

所以，我们说，如果非要告别，那么就让它来得晚一些，哪怕只是多一秒。

多一秒钟又有什么用呢？其实没用，但我们总是自欺欺人地以为多一秒就多一种可能，但实际上我们只是多了一秒钟徒增伤心，到了下一秒，我们又要面对离别。

只要你敢说再见，那么一起的情感还是会从生命中淡去，我们认为一辈子都要刻骨铭心的痕迹，还是会从岁月里被抹去。

尴尬的是，我们毫不自知这种变化，所以才会在真的重逢中后知后觉，猛然察觉一切早已不同于往日，并且对这种隔阂和距离无能为力，这才是我的这本书想要探讨的最后核心。

其实于我而言，写下这书中的故事不需要多大的勇气，我只是挑选了自己生命中的一些片段和你分享，我相信你会理解我的这种想法，毕竟没有人会一直拥有所有，毕竟我们都曾经或多或少面对过离别。

我对说再见这回事一点都不含糊，我也对重逢依然怀有希望。

　　我期待有朝一日，我们真的可以习惯告别，我也期待有人站出来大声反驳我，说我都是错的，说我在胡说八道，明明有些事情可以重新来过，明明有些人再回来一如往昔。

　　如果这种再见和相逢不是一种特例，我不会气急败坏，反而会感动落泪，我一定会郑重向你道歉，因为这个世界上，终于不再有物是人非。

　　而我，也终于可以心安理得地期待，期待属于自己的从头再来。

　　　　　　　　　　　　　　　　　　　这么远那么近

　　　　　　　　　　　　　　　　2016 年 5 月 20 日 于北京

Part 1

第一章

我的世界你已早退

　　之前我爱你，你还在；之后我依然爱你，你却走远。我们终将这样错过。

　　或许有些爱情也不过如此吧！当心的距离渐行渐远，哪怕同处一个屋檐下也感觉远在天边。曾经的世界里彼此照耀，而后各奔东西不再依恋，千疮百孔的爱情在心里偃旗息鼓，只留下空荡荡的记忆捉弄依然停留在原地的那个人。

　　到最后与其相见，不如怀念；到最后与其随缘，不如缘灭。各自安好，相忘无言。

　　这一年北京的冬天，好像比往年暖和很多，依然没有下雪。夏严提着行李站在地铁六号线的终点站口，看着远处自己曾经住过的那个小区，她最终没有勇气再进去，站了良久，她把手中的请柬撕碎，转身离开。

　　这一天是 2013 年 12 月 21 日，距离传说中的世界末日，已经过去整整一年了。

01

故事的女主人公叫夏严，大家唤她燕子，男主人公叫郭磊，别名锅子。他们是大学同学，同级不同系，相遇和在一起的桥段都很普通，无非就是偶尔相遇，彼此欣赏，成为好友，最后在一起，爱情的顺理成章在他们身上应验，他们只是大学中最普通最平常的一对。

锅子家境不好经济拮据，好不容易从外地的农村考到北京的大学，一直都在咬紧牙努力，忙着读书和打工，拿奖学金赚学费，又参加了好几个社团。燕子看到他这么拼命，觉得自己应该体贴、温柔，打理好他日常的一切，于是燕子在大学里是锅子的后备军，帮他处理杂事，报名参加比赛，和团委领导周旋他入党的名额，争取更好的助学补助，而这一切，燕子做得心甘情愿。

燕子其实是典型的北方女孩，说话大嗓门，做事雷厉风行，是班级里最活跃的一位，但这一切到了锅子身上都变得鸦雀无声，她曾经对我说她明白自己应该做什么，两个人在一起，就要不断地牺牲自我，妥协个性，爱才能长久。

我问她，你这么想，锅子知道吗？她摇摇头。我又问，你这样为了他改变自己，他又为你做过什么？她愣了一下，没有说话。

02

到了毕业分手季，锅子和燕子依然在一起，在吃散伙饭时同学们都打趣说他们是彼此的"万能胶"，再怎么样都不会分开。锅子哈哈大笑，搂住燕子大声喊对啊，我们就是分不了，永远在一起的那种。

燕子依偎在锅子怀里，眼睛亮亮的，不知道是哭了，还是喝多了酒。

毕业之后两个人都在北京有了工作，锅子凭借自己优秀的成绩和丰富的学校兼职经历，成了一家公共公司的公关，起薪 7000 元，而燕子也到了一家外企做了行政，薪资虽不比锅子，却知足。

他们在朝阳区边缘一个荒凉地段新开发的小区租了房子，据说地铁六号线马上就要开通，这里是终点站，他们都很满意。唯一让燕子纠结的是锅子更忙了，数不清的会议和报表，还有几乎每天的加班，周末还要应酬，两个人只能在深夜才能匆匆打个照面。

但燕子没有说出自己的一点埋怨，她知道自己在锅子心中的地位，也明白他的忙碌是为了他们共同的将来，她不但承担起了全部家务，还经常在下班之后带着便当去锅子公司探望他，公司的同事都夸燕子体贴又温柔，将来肯定是贤妻良母，燕子听了也沾沾自喜，认为自己的付出得到了回报。

时间过去了大半年，燕子已经从行政人员做到了经理助理，而锅子也开始接手更大的项目，燕子已经不能像从前一样去公司看望他，两个人的交集仅限于几句不走心的问候，还未来得及温存，就都已经各自进入了梦乡。

偶尔燕子也会有抱怨，觉得工作时间几乎占据了时间的全部，劝说锅子换一家公司，都被他好言相劝压制了下来，理由几乎不可动摇。

锅子说："现在的辛苦是为了以后更好的生活，谁愿意一辈子租房子挤地铁？谁想每天起早贪黑，还不都是为了我们的将来？"

03

看着燕子一天天消沉的脸，锅子心中有愧，他知道燕子喜欢动物，特意在她生日前夕买了一条雪白的萨摩耶送给她。当锅子把装着狗的篮子递到她面前时，燕子并没有像锅子期待的那样喜出望外，而是微微皱了皱眉，就坐在了沙发上一言不发。

锅子觉得疑惑，忙询问她怎么了。燕子按捺不住，说两个人都太忙碌，根本没有时间照顾小动物，谁给它喂食、谁给它清理、谁带它看病都是问题。锅子笑了，当然是你，你做行政的又不忙。

燕子微微有点懊恼，我不是行政，我是经理助理。锅子显然吃了一惊，你都是助理了？我怎么不知道。燕子觉得有一口气开始憋在胸前，原来锅子已经对她的生活一无所知，尽管他们依然生活在同一屋檐下，睡在同一张床上；尽管不是同床异梦，但在锅子梦里，早已没有了她。燕子站起来走进卧室，重重摔上了房门，那一夜，锅子没有进去。

后来，经不住锅子的反复道歉和游说，燕子还是原谅了他，她也知道这样下去没有办法，但这么多年，她已经习惯锅子的存在，习惯了不改变对方只改变自己，燕子最终选择退让，她辞去工作，决定去学习动物美容，将来做一份更加清闲的工作。

她暗暗告诉自己，最后一次，真的是最后一次了。

动物美容学校在通州，需要寄宿，燕子只能周末才回家一次。锅子周末依然加班，每次回家看着一屋子的狼藉，她都沉默地自己收拾，买点水果和零食放好，自己在家待两天，又回去上课。他们已经好几个月没有见过面，只是每天晚上简单打一个电话，后来电话也没有了，改发短信，到了最后，短信也变成了简单的几个字。

早安。早。晚安。安。

学校别人的男女朋友带着零食和礼物经常来探望，锅子却没有来过一次。他们都在取笑燕子，说她的男友只是一个传说，有的甚至怀疑她是否真的有男友。燕子的姐妹们都在劝她分手，可燕子舍不得，她知道自己深爱着锅子，尽管两个人早已经没有了最初恋爱时的激情，但她认为这或许就是爱情最后的本质，平平淡淡，相敬如宾。她真的习惯了。

直到那一天，燕子从锅子的口中听到他已经有了新女朋友。那一刻，燕子才觉得自己像一个傻瓜，彻头彻尾地输掉了这场爱情的游戏。

04

锅子的公司有一位女同事，人很漂亮，温柔有气质，对锅子热情得不像话，每日嘘寒问暖，经常送锅子一些小礼物，最开始锅子总是推脱，但禁不住接二连三糖衣炸弹的轰炸。女同事也表示不在乎他有女朋友。

她总说，没结婚的就是单身男女，还不让人寻找更好的吗？再说你的女朋友估计也有人了吧，不然怎么都不给你打电话发信息呢？你别蒙在鼓里戴了绿帽子还假惺惺占着一个男朋友的名额。

燕子给我打电话，连哭带说了整整一夜，似乎要把这么多年的委屈统统倾倒出来，末了问我该怎么办。我虽然非常不耻锅子的行为，但就如燕子说的，他们其实已经习惯了彼此，就算锅子喜新厌旧，但总归他们两个人才有感情基础。

我说，再等等吧，不要去管，安心上你的课，我帮你看着锅子。

两个月过去了，燕子学习结业，她已经没有心力再去做任何事情，锅子去接燕子回家，提着大包小包的行李开门，燕子看着整洁的屋子和一束鲜艳的玫瑰花瞠目结舌，锅子紧紧抱住燕子说，对不起。

锅子和他的女同事在一起之后，发现女同事远远不及燕子，甚至连十分之一都不及，锅子开始想念燕子，深深地感觉到她的好，于是锅子选择逃避，辞职，换手机号码，最后一切办妥，接燕子回家。

事情突然的峰回路转并没有让燕子开心，她明白就算没有女同事的昙花一现，他们之间的隔阂也已经不是一点儿甜蜜就可以弥补的，燕子的心也不是一朝一夕可以暖回，爱情或许就是如此，错过一次，受伤一回，想要去填充那道裂痕比登天还难，如果不能打破心灵的禁锢，哪怕是给予了整个世界，也无法找到曾经的感觉。

她对锅子说想回家休整一段时间，以一年为期，等到那时如果异地的两个人还能在一起，就马上结婚。经过一夜的沟通，凌晨天刚刚亮，锅子点点头。

那一天，是 2012 年 12 月 21 日，传说中的世界末日。

05

燕子走的时候锅子去机场送她，他紧紧拥抱燕子，反复对她说爱你，等你。燕子说现在房价贵了，你一个人住两居室有点浪费，不如换个房子住吧。锅子摇摇头，不要，我会每天收拾屋子，好好工作，就在这儿等你回来，你可一定要回来啊。燕子忍住眼泪揉揉锅子的头发，轻轻点了点头。

之后，他们的距离相隔了 1800 公里。

最开始燕子在家的时光过得悠闲自在，每天无所事事，和旧日好友联络，喝咖啡看电影，和锅子打电话互致问候，彼此报告一天的行程，燕子觉得自己的状态在慢慢恢复，曾经心中已经被埋葬的爱情开始一点点重新滋生，渐渐萌生出枝叶，她觉得那个曾经深爱锅子的自己又回来了。

但好景不长，两个人终究抵不过时间和距离，慢慢地，他们的联系开始少了，从每天两个电话变成一个，有时握着电话不知道该说些什么，绞尽脑汁想话题；后来又开始发短信，从最初的几段文字变成几句话，到了最后，又是几个字。

早安。早。晚安。安。

燕子曾经忍不住和锅子大吵大闹，锅子只是静静听着，也不反驳，等到燕子怒气稍稍平息，再劝慰几句，说一年时间很快就过去了，一切都会好起来的。直到燕子决定回到北京前夕，收到了一张来自北京的请柬。

那是锅子的结婚请柬，上面的名字是郭磊和刘柳，一个燕子不认识的名字。

这一次燕子没有哭闹，只是给我打了一个电话，平静地说要去北京参加自己爱情的葬礼。

06

一年过去了。最初的北京好像还是那个样子，建筑还是那座建筑，街道还是那条街道，仿佛过路行人的面孔都十分熟悉，仿佛一切都没有改变。

可是燕子知道，一切都不同了，锅子已经搬家，婚房在市区的高档小区，听说女友长得漂亮家里又有钱。当燕子站在当初承诺会开通的六号线终点站，抬头看着自己和锅子曾经住过的小区，她不知道现在那户人家里住的是谁，他们是否也像燕子一样，失去了一些本来属于她的东西。

小区周围已经不像几年前那样荒凉，距离地铁只有两分钟，车水马龙人来人往，小商小贩齐力吆喝，穿着西装卖房子的人站在地铁口殷勤地递过来传单，声声叫着美女看房吗？像是好房不限购，买一层送一层。

燕子接过传单，转头对着我苦笑，你说我买来和谁住呢？

我无言，只是轻轻搂住她的肩膀，她在微微颤抖，我低声说，现在别哭。

她使劲眨了眨眼睛仰起头，不，我不会哭，我是高兴，终于解脱了，终于没有牵挂了。你知道今天是什么日子吗？

我摇摇头。她说，今天是 12 月 21 日，去年的今天是世界末日，我离开了北京，我其实不信什么末日，但今天我才知道，原来真的有末日，虽然整整迟了一年，但我的末日终归还是来了。

我连忙说你别做傻事啊。她笑了，我才不会傻到要去做那些事，我要回家，我要开始自己的新生活，曾经我们哭过、闹过、争吵过，都不要紧。但我们曾经错过，一旦错过，就再也遇不到了，我们就永远错过了。

我轻轻拍打着她的后背，把她的行李接过来，她低着头不知道在想些什么。过了一会儿，她拿出那张镶着金线的精致请柬一点点撕碎扔掉，对我说再见，转身上了出租车。

在她关门的刹那，我看到，燕子无声地流下了眼泪。

远在远方的远

01

初到丽江的那天深夜，我就被酒吧里吵翻天的音乐给轰了出来。

我推开酒吧厚重的大门，将里面歌手嘶吼的呐喊声和鼓点的聒噪声挡在门外，因为多喝了几杯酒，胃里一阵翻腾，我弯下腰用手撑着膝盖，嘴里有一种酒精和胃酸的味道，干呕了几下又吐不出来。

心想，这哪儿是世外桃源丽江啊，这不就是北京三里屯乌泱乌泱的酒吧一条街吗？

正在心里暗自吐槽，身边一个轻轻的声音响起，你没事吧？

我抬眼望去，身旁不知何时站了一个姑娘，浓妆艳抹，穿着性感的连衣裙，胸口开得很低，看得出是波涛汹涌，我摆摆手，没事。

她从自己的小挎包里拿出一包纸巾递给我，擦擦汗吧，你看你，来玩儿还搞得挺落魄。说完自顾自地抿嘴一笑。

酒托！我当机立断地做出反应，早就听说丽江有无数美女做酒托，专门找像我这种形单影只的男人做下手对象，目的就是拉着你去一家酒吧，不停劝说喝酒消费，提成高得吓人。

我起身道了声谢谢就准备离开，她又说，一个人吗？我嗯了一声，问她，你也是？她微微一笑，不啊，我和几个姐们儿在这上班。

我心里马上印证了自己的想法，准备离开，不能给她对我下手的机会，这时她又说，不舒服就赶快回去吧，不然一会儿会更难受的。

这倒是微微有些出乎我的意料，她笑了一下就推门进去了，音乐声马上又传进我耳朵里，感觉又有些想吐。

02

回到酒店躺在床上，我想起刚才在酒吧遇到的姑娘，心想着酒托也真有意思，原以为她会趁机拉着我去喝酒，我都想好了怎么拒绝，结果好似有些不识好人心。

第二天我一觉睡到了下午，起床洗漱后便到街上溜达，去了一家熟识的茶社，刚进门就听到有人说，这么巧啊。

我循声望去，在稍暗的那个角落里，坐着昨晚在酒吧认识的那个姑娘，我心里微微有些惊讶，但也不显山露水地打招呼，是啊，真巧。她招手让我坐到她身边，我坐下说，怎么，现在就你一个人吗？

她一挑眉，是啊，其他人还没醒呢。她顿了顿又说，你该试试这儿的桂花普洱，特别好喝，我每天都来。

茶社的老板娘热情地招呼我们喝茶，我和身边的姑娘有一搭没一搭地聊天。

她问我，你来丽江多久了？我说，第二天。

她问我，你是做什么工作的？我说，是广告狗。

她问我，你准备什么时候走？我说，待腻歪了就走。

后来相顾无言许久，我打破了沉默，你呢？你来多久了？问完我就后悔了，想来她在酒吧工作，应该就生活在这里，我当时肯定是脑子进水了。

结果她咯咯一笑，我啊？我来俩月了。

结果我又忍不住问出一个让我后悔的问题，那你在酒吧是做什么工作的？她轻描淡写地说，酒托啊。

我真是啪啪啪自己打脸，绝对是脑子进水了。

03

直到把一壶茶喝到没有汤色也没有了味道，姑娘起身说，我准备去买个簪子，你要一起去吗？我鬼使神差地说，好啊。

我起身后她饶有兴致地看着我，我也愣愣地看着她，她没有了晚上的浓妆，现在显得眉清目秀，白净的脸上透着些许的红色，头发顺滑地散在脑后，一身素色松垮垮的连衣裙，倒是更显得整个人捉摸不透，V型领口这次在安全的位置，不知道喷了什么香水，有一股淡淡的栀子花味道。

许是盯着她看了许久，她笑着问我，喂，看什么呢？我马上把目光收回，尴尬地摆摆手，哦，没什么。

她又笑了，你真有意思。她笑起来的声音真好听。

我陪她去买簪子，绕过一条又一条宽宽窄窄的巷子，有些巷子游客特别多，她告诉我那里开的店都是专门宰游客的，有些巷子稀稀拉拉没几个人，她说这里才能真的淘到老东西。

走到西市的拐角处，看到一家名为"遇见丽江"的饰品店，门旁趴着一条吐着舌头的金毛，窗户的玻璃上写着：遇见丽江，遇见你爱的姑娘。她指着这行字对我说，你瞧，多俗的广告语。

没等我回应，她便推门进去了。

一阵清脆的铃铛声，映入眼帘的是花花绿绿的饰品，我也不懂，就站在旁边看她趴在柜台上仔细挑选，这时我又偷偷从上到下好好打量着她，她穿着一双白色的运动鞋，白色有蕾丝的袜子，小腿修长，腿型笔直，挎着的小包像是刚刚淘到的物件，有好看的花卉图案，胳膊上戴着几只银镯子，手指细长，弯曲起来像是摆出做法的手势，一时间我竟然看得入了神。

她把一只簪子戴在头上，扭过身问我，怎么样，好看吗？

我点点头，还行吧。

她问我，还行是好看还是不好看？我说，好看。

04

逛了大半个下午，我说要回酒店换衣服吃饭。

她摸摸肚子，哎呀我也应该回去了，晚上我不上班，我们去火塘听歌好吗？我问，什么是火塘？她说，就是最原始的民谣酒吧，挺安静的，现在丽江没有几家了，你应该会喜欢。

约好时间地点，她潇洒地一摆手，拜拜。说完扭头就走了，没有回头。

我连忙回到酒店，匆匆吃了几口饭，然后洗澡吹头发换衣服，也不知道是为了什么，竟然有些期待今晚的见面，或许是独自旅行难得有个结伴而行的人，又或许是受到丽江这种充斥着暧昧气氛的挑拨，一时间竟然有些心猿意马。

到了约好见面的地点，她已经等在那里了，看到我走过来，她大力地挥手，哎，那个谁……这里！我抓紧几步走了过去，她扑哧一笑，我刚刚想喊你，都不知道你名字呢，你叫什么？

我说，叫我远近就好。她乐了，这是什么怪名字？我说，就是个网名。

她眨眨眼睛，这么神秘哦。我叫苏亚，你叫我小亚就行。我点点头，素雅，倒是挺适合你这身打扮的。她乐了，你这个人说话真有意思。

走进火塘，果然没让我失望，二三十个人围坐在一个大坑里，有一个歌手拿着吉他唱着自己的原创歌曲，大家安静地听，默默地喝酒，或者低下头三言两语地聊天，一切都显得那么刚刚好。

小亚也不说话，举着一听啤酒喝了一个多小时，微微闭上眼睛随着音乐摇头晃脑，我们挨着坐，特别近，她赤裸的胳膊紧紧贴着我的胳膊，我一时间有些紧张，情不自禁地咽了咽口水，没想到这点小动作被她看在眼里。

嚯，你这是有些春心荡漾？我一听就脸红了，没有，我就是有点热。

她斜着眼睛看了看我，是吗？我重重点点头，她轻声说，好吧。

05

从火塘出来，又是深夜了，时间已经过了凌晨一点。

我和她并排走在石子路上，她拎着挎包蹦蹦跳跳地走在前面，抬起头用力呼吸着空气，然后转过身对我说，我还是最喜欢丽江的深夜，像它的样子，还有清晨，清晨也特别棒，你一定要再试试。

想了想我问她，既然你喜欢安静，干吗去酒吧做酒托呢？

她说，因为要赚钱啊，不然我怎么租房子吃饭生活呢，酒托赚钱快，我还得攒去下一站的路费呢。

我问，下一站？你不是长期待在丽江吗？

她笑了，不是啊，我就是到处走到处留，到一个地儿就打工赚钱，然后再去下一个喜欢的地方。

我问，那怎么在丽江待了这么久呢？

她说，因为喜欢啊。

我问，那什么时候离开？

她笑了，和你一样，待腻歪了就离开啦。

我们走在丽江的小河旁，河水潺潺，没有了白天热闹的景象，这时的丽江显得典雅又幽静，旁边民居高高的窗户上映出些许灯光，照在青石板路上，我和小亚慢慢地走，甚至可以称之为是溜达，没有人经过，一切都美得那么心旷神怡。

路过一座小桥时，路面有些滑，我刚想伸手去拉她一把，但半伸出去的胳膊就僵在了那里，她一手扶着石墩小心地挪着走挨着我走过了桥，我又把手抽了回来，想想真是有些窝囊。

马上要到酒店了，告别时我说，你不是说清晨的丽江特别美吗？明天早晨一起早起，带我逛逛丽江的清晨？

小亚歪着头想了一下，如果我能起来的话，当然可以，不过别抱太大希望哦。

06

第二天我起了一个大早，拉开窗帘却沮丧地发现，竟然下雨了。

我一边慢吞吞地穿衣服洗脸刷牙一边想，小亚肯定不会来了，本来昨晚就睡得迟，今天又下雨，她自己也说不一定来，干脆我也继续睡觉好了。

可想归想，我还是抱着一丝希望冒着雨出去了，刚走出去没多久，就看到小亚举着一把青色的伞朝我走来，看到我就气鼓鼓地说，你迟到了足足半小时。

我连忙道歉，对不起，对不起，我以为……她打断我的话，以为我不会来了？我沉默不语，她撇撇嘴，我才不是那种人。

吃过简单的早饭，我和她打着伞走在小巷里，雨稍稍大了些，她微微向我这里靠了靠，伞很小，我离她很近，近到甚至可以感觉到她的呼吸，但我依然没有勇气牵起她的手，心跳得很快，像是要从嗓子眼儿里冒出来。

良久，她对我说，雨太大了，我们找个地方避一会儿吧。

看到一个有屋檐的民居，我们小跑过去躲在下面，收起伞放在一边，小亚看着丝毫没有停歇的雨，微微有些懊恼地说，这么大的雨，看来今天的酒托生意不好做了。

我问她，丽江打工的机会这么多，干吗非要做酒托呢？你也知道丽江的酒托在外声誉都不好。

她说，酒托来钱最快，我得赶紧攒钱，最近半年光顾着挥霍了，而且……她回过头看着我认真地说，酒托和酒托是不一样的好吧？基本的良心和道德我还是有的。

我连忙说，我知道的，我懂，你不是那样的人。她微微骄傲地一抬头，那当然。

过了一会儿，她说，明天我要和几个姐妹去大理，估计要住上几天。我微微有些吃惊，要去几天呢？她耸耸肩，不好说，少则三四天，多则一个星期吧。

　　我几乎要脱口而出，我能和你去吗？忍了忍还是把这句话咽了下去，改成：那我还能见到你吗？她哈哈大笑，当然啦，我是去大理，又不是去刑场，没几天我就回来了。

　　说完，她像个男人一样地拍拍我的肩膀，傻小子，别太想我哦！

07

　　可是，她刚走第一天，我就开始想她了，我觉得我真是病了，着了魔了。

　　我不是一个滥情的人，更没有过所谓的一夜情历史，对人一见钟情什么的更是从不相信，怎么偏偏就对这个小亚有一点不一样呢？我反复地问自己到底哪里出了问题，我认真回忆着我们见面后的点点滴滴，却又找不出一点奇怪的蛛丝马迹。

　　可就是看似最最平常的邂逅和结伴，却成了我二十几年里最诡异的相遇。

　　过了七八天的某个傍晚，小亚在微信里喊我，远那个近，我回来啦！

　　我赶紧去茶社找她，她依然是一个人坐在那个角落里，头发长长的散落在身后，遮住她的半边脸，显得那么恬静好看，听到脚步声她回头看到是我，露出一个甜甜的微笑，我必须承认，当时我的心跳肯定漏了一拍。

　　她拉着我的胳膊让我坐下，我走了这几天是不是特别想我？

　　我竟然老实地点点头，她满意地笑了笑，我也是。

　　我身子突然一下就抽紧了，老板娘坐在我们对面不怀好意地嘿嘿笑，我满脸通红地只顾喝茶，我们开始聊天，她和我说了许多事情。

　　她说自己是怎么厌倦了上海繁忙的工作和生活，带着积蓄开始到世界各地去看看。她说在巴黎的广场喂鸽子，结果来抢食的太多甚至还有一只直接啄破了她的手；她说去泰国的时候总有男人以为她是人妖，给她钱让她跳一曲；她说在柬埔寨看到了做服务生特别可爱的小孩就给了有史以来最大的一笔小费；她说在大理的感觉不如丽江，感觉人情味实在是寡淡了一些。

　　她说得动听，我听得着迷，良久我感叹道，原来你去过那么多地方啊，真好，好羡慕。

　　她说，你也可以去啊。我一愣，我？我不行。她问，有什么不行呢？辞职了不就可以出发了吗？我说，哪有那么简单啊。她摇摇头，我都做了这事了，就是很简单。

　　我刚要反驳，她指着我说，明白了，你尿。

　　我只能翻个白眼，她突然猛地靠近我，吓了我一跳，本能地向后一缩身子，你要干吗？她盯着我的眼睛说，我做了一件事，我知道你是谁了。我狐疑地问，什么事？我是谁？

　　她神秘兮兮地说，我去百度你来着，我只是好奇，怎么会有人叫远近这么一个奇怪的人，但真的让我百度出来了。

　　我真的被吓到半死，我以为我做的坏事都被你知道了呢。

这下勾起了她的欲望，你说啊你说啊，到底有什么坏事？

08

茶社要打烊了，我和她收拾好东西离开，这几天丽江一直都有雨，地上湿漉漉的，但空气格外好，深夜的丽江像是刚刚出浴的少女，散发着一股诱人但却格外美好的气息，像极了现在在我前面走着的小亚。

今天她穿着一条淡蓝色的亚麻长裙，地上有水，她就一只手轻捏起裙角，踮着脚慢慢地走，微微倾斜的身子形成好看的弧度，衬着路边的灯光，实在是美极了。

我想此时此景，任何一个人见了都会忍不住想冲过去抱紧她，告诉她说我来保护你吧。

今晚我们走得格外慢，感觉要把一步变作三步走，我满心都在想着要不要请她去我房间坐坐，或许什么都不用干，就继续喝酒聊天，但又想着大半夜邀请姑娘去陌生男人房间是不是太唐突，或者有更好的想法可以让我们相处的时间再久一点儿。

曾经在生活里叱咤风云的我，此时此刻像是一个初出茅庐的浑小子，满心满眼都写满了慌张。

许是小亚看出了我的心猿意马，她清了清嗓子对我说，其实你想去旅行，真的是有很简单的办法啊，就和我一样，想走就走了。

我点点头，但是没有人能像你这么洒脱，说放下就放下了。

她说，是啊，没几个人能真的放下，谁的心里都是一大堆的烦恼，我也有，只是我愿意回避一些就回避一些，我不像你，看起来好像什么都想要。

我心里微微有些吃惊，你怎么看出来的？

她看了我一眼，感觉吧。我说，哦。

然后两个人又好似各怀鬼胎地走了一段路，就站在了分岔的路口，右边是我回酒店的路，左边是她回去的路，我们停留在原地，好像谁都没有办法说出那句再见。

小亚吸了一口气，说，明天我就要离开丽江了。

我掩饰不住自己的惊慌，你要走了？去哪里？去多久？还回来吗？突然我意识到自己的失态，赶紧闭了嘴。

她没有介意，回答我说，继续往西边走，去西藏，估计去几个月吧，暂时不回丽江了。

我心里分外的失望，那我不是以后就见不到你了？她微微笑了笑，我们不是之前加过微信吗？还是可以常联系的。我微微点点头。

又过了一会儿，她说，那……再见？

我冷不丁地说，再聊会儿。她一乐，我们已经在这里站了许久了，我都站累。我"哦"了一声，接着她问，不然你去我那儿坐坐？我有很不错的梅子酒。

我顿了顿，像下定了决心，不了吧，你明天还要早起坐车，要早点休息。

她没有表情地"哦"了一声，然后对我说再见，转身就走，像极了第一次和我相遇分别的样子，没有回头。

09

第二天小亚离开的时候我没有送她，醒来时已经是下午，小亚在微信里对我说再见，有缘再见，然后附上了一张我们的合影，照片里的我和她靠得很近，都笑得很开心，像是情侣一般，又像是兄妹、朋友、知己、亲人。

我心里丽江的美，就像是小亚一般，恬静的，安宁的，活泼的，素淡的，热烈的，浓艳的，每一面都是丽江的，也是小亚的。

人生其实就是一场旅行，我们无非上车下车，邂逅不同的人，际遇不同的事，如果有缘遇到一个人，能够在你落魄时递上一句问候，能够在清晨陪你看一场雨，能够深夜陪你喝酒听歌，内心中总是会有美好，被我们记住。

很难想象，如果在丽江没有遇到小亚，那将是一番怎样的情景，但世事总是没有"如果"二字，就像我离开丽江去机场的路上，窗外飞驰而过的风景都幻化成了小亚的一张张笑脸，让我分不清楚这是否真实地存在过。

回到北京后，小亚偶尔还是会给我发微信，发来她在西藏生活的照片，照片里的她穿着藏袍，挂着各种珠子，笑容灿烂得像是那里炽热的阳光，她会发很长很长的语音跟我说那里遇到的人和事，会哈哈大笑，会咯咯地笑，笑声一如既往的爽朗动听。

后来我知道，我并非是想要和小亚做些什么才可以，也不期待有任何的发展和结局，只是我们同是这条路上独自一人的旅人，彼此遇到，彼此安慰罢了。

我几乎很少回复小亚的微信，偶尔也是只言片语的保重之类的话，后来她就渐渐不再发微信给我了，大多时候我都是看着她的朋友圈，默默点上一个赞，告诉她，我其实一直都在关注着你。

我不愿意因为自己的某些想法破坏了这些美好，我宁愿自己的回忆永远停留在丽江的那些日日夜夜。我们脚步轻盈带来的是故事的开始，却步履蹒跚地走向了故事的结局，狂欢之后依然是散场，那就让这散场停留在这一刻，停留在她看我时的盈盈目光里。

远在远方的远，其实比远方更加遥远。

只是，这撩人的情愫，像极了丽江那一夜暗涌的灯光，恍恍惚惚，却没有熄灭。

又及

写到这里时，突然想起好久没有和小亚联系，想给她发条微信，告诉她我写了她的故事，可是我翻遍了微信通讯录也没有找到她，或许是她改名了换头像了，她就好像是蒸发了一样，彻底消失在我的世界里。

就好像我们从未相遇。

但行好事，莫问前程

古之侠者皆有义。何为义？孟子曰："大人者，言不必信，行不必果，唯义所在。"

所谓的江湖，就是一个"义"字。

其实有些时候，一个"义"字足以囊括一些人的人生。

心里有一方江湖，不在何地也无须何处。江湖儿女江湖事，江湖儿女江湖话。

我是北方人，出生在煤炭之乡，从小很乖，不吵不闹，长大后性格比较豪爽，更不缺朋友，酒肉朋友也很多，但是我明白，这酒，也要看跟谁喝。

来到丽江后，我认识了传说中的成子。这个人很多人不陌生，有两本畅销书详细记录了他前三十年的生活。

成子是爱茶的人，坦白讲，自从结识了成子，茶和酒开始在我的生活里平分秋色。

我不懂茶，只是拿来解渴，所以每次都不让成子给我泡好茶，当然大多数情况下他也舍不得给我泡，什么易武正山、昔归、老班章，在我嘴里都是大树叶子味。

可成子爱茶，就像他爱拉萨，爱大昭寺头顶的太阳，爱纳木错，爱折腾，爱豆豆。

2015 年公历新年，成子和豆豆给自己和船长找了新家，搬离了那个陪他们生根丽江的老茶社旧址。豆豆一度流眼泪，舍不得那个公共厕所旁十几平方米的小地方。

新的茶社地方大了，原本想着成子能好好拾掇拾掇，弄得高大上一些，多赚点银子比什么都实惠。

可是我看了看，牌子没换，还是成子自己刨的那块松木板。桌椅板凳也没换，许是被熏陶得久了，木制的东西也透着一股子茶香。

他们索性不租房子住了，在里面搭了个小阁楼，就住在上面，我去过那个地方，反正以我的个头，一起身就会撞到头。

我偶然在丽江认识他们，把成子当作亲哥看待，后来又因为特别喜欢豆豆，认作干姐。至此，我变成了成子的小舅子，他想起来就酸酸地说，连你也背叛我了，我好孤独啊！

我不屑一顾，拉着豆豆姐的手在丽江的石板路上继续招摇过市。

一般故事讲到这里，就要结尾了。

从此大耳朵成成和豆老师过上了幸福美满的生活，闲暇的时候带着船长游历祖国大好山河，他们生了一个蕙质兰心的女儿，是我的外甥女。

打住，那是不可能的。

你以为我会写这样一个流水账吗？

真实的故事是这样的，我慢慢讲，争取在一万字之内讲完。

如果此刻你有一杯茶在身边，那最好不过，如若没有也不打紧，因为我想先和你聊聊成子关于茶的故事。

成子没有什么童年，在他还不会写生活两个字的时候，就过早地走进了生活。

以至于他一成年后立马热衷于折腾，自觉或不自觉地投身于热闹的人生中，来弥补童年的缺憾。

他在学生时期曾领导过罢课，在铸造工厂组织过罢工，在公司谋划过集体跳槽。在 2008 年经济危机的背景下，带领只有七人的销售团队，在中建材创下三亿七千万的业绩。也曾在短短一个月内散尽家财。

听起来很像是简历，总之，他三十岁之前的人生逍遥又嚣张，没人比他更加肆意妄为地解放天性。

但是，三十岁之后成子的生活也没人比他更颠覆。

成子在青海佑宁寺结识了一位僧人，是位汉地来的行脚云游僧。

僧人面相和善却威仪俱足，游历四方，遍访名山大川，随身的布兜里藏着各地名茶，所经之处如有好茶，一定采而贮之。

那时成子每天都和僧人持咒喝茶，人们都以为成子要出家了，可僧人度他，只带他喝茶。

僧人随缘点化，遇到有缘人，由茶入禅，举杯间三言两语化人戾气。成子敬重他，心甘情愿替他背起乾坤袋，以随侍弟子的身份再度上路。

僧人是北方人，五十七八岁的光景，几十年前全家人出了车祸，只留他一人独立于世。

他剃度于一家禅寺净慧上人座下，出家前供职于茶料所，本就是业界颇有名望的茶人。出家后万缘放下，唯钟情那一杯茶。

他教成子选茶、品茶，系统地传授成子茶艺茶理，成子从他那儿承接的茶道古风盎然。

随后师徒二人四处挂单，缘化四方，成子伴随着僧人踏遍名山，遍饮名泉，访茶农，寻野僧，游历天涯如是数年。

其间他们曾在一座盛产普洱的知名山头停留半年之久，缘由是僧人在那儿遇到了故人。

僧人的故交名叫隐伯，他也是位爱茶之人，与僧人年龄相仿，曾一起学茶，师出同门。

后只因独爱普洱，留在了彩云之南。隐伯爱人早年去世，膝下尚有一子一女，都是功成名就的成功人士，可隐伯已多年未与子女联络。

老爷子性子倔，不愿多说，只留恋这长茶的山头，就这样自己一个人隐居于此。

隐伯平时自己种茶、采茶、制茶，守一地茶，道一地经，倒是怡然。

成子因僧人结缘隐伯，成为忘年之交。之后他随僧人和隐伯访遍云南诸大茶山，他们带他认识不少相熟的茶僧茶农。

他一路借宿在山寨货寺庙，把他乡作故乡，最终安定在滇西北的小城。

僧人早在一个雨夜不告而别，至今再没和成子有过任何联系，成子四处托朋友帮忙留意，这些年也没人再见过这位于成子有恩的僧人。

后来我们喝酒的时候，成子聊起了这些往事，我问他，茶和酒除了味道还有什么区别吗？

成子说，酒是给人外力的，让人越喝越张扬，越绽放；茶这个东西，能让人静下来，越喝越往回收，开始变得沉静。

面前这杯酒喝干，我们换上一碗茶。

很多人都喜欢喝茶，有一种茶叫工夫茶，它要用温度最高的水，用最细的水壶口，茶壶在离茶杯最远的地方倒水下来，因为要借茶壶中水的温度和力量让茶叶在杯中起起伏伏尽情地翻滚。

这样茶香才能彻底绽放出来。如果用冷水用温水，茶一点儿都不香。

成子说，这就是人生如茶。

如果你在沸水中受到最最强烈的冲击，整个人生翻滚几次后就真的充满了香味。

人们都爱走好走的路，可是平坦的柏油路上不会留下脚印；我爱走泥泞的路，砂石的路，每走一步，回过头来看，全都是自己留下的足迹，很爽。走得远了，就是人生了。

成子总是能够在这些时候，说出一些让我觉得平实却意味深长的话。

2011年成子做了一个公益平台，起名"馨蓝公社"，馨云向过往，蓝水在天边。创始人是他，社长是他，员工也是他，反正那时只有他自己。

成子是个简单干净纯粹的人，想做点和茶一样简单干净纯粹的事。豆豆看不懂，她不知道成子究竟要做什么，但她知道成子是受了孙冕老爷子"老兵援助"的触动。

成子对豆豆说，生而为人，还是要多做人事。

去年寒冬，香格里拉的一场大火烧光了大半个千年古城，也灼化了一众古城人的心。我印象中那片被月光浸染的小城，烧得什么都没了。

身边的朋友都在惋惜和感叹。成子和豆豆商量着想用"馨蓝公社"募捐，为古城出点儿力，且不说古城重建这类大事，里面受灾的人肯定需要帮助。

豆豆是摩羯座，天性严谨，她不太赞成，觉得单独的个体很难得到外界人的信任和真正的帮助，还会落人话柄，就这样过过简单的小日子也挺好，实在想做，我们自己捐点儿钱也行。

成子不解释，也不争辩，只是执着地想做一些事情。

豆豆知道成子的性子，最后还是同意了。

"馨蓝公社"没有背景，没有组织，更没有实力雄厚的依托，只有这俩人的心，和这些年云游四海喝茶持咒攒来的朋友。

没有流程化的东西，也没有任何宣传，他自己花钱买了御寒保暖的冬靴、棉被。

同时在自己的朋友圈发起关于救灾香格里拉的号召，接下来的几天，他们陆续收到来自天南地北寄来的物资和善款，豆豆第一时间把每一笔收到的善款仔细记录，公示给大众。

她不爱用电脑，觉得白纸黑字写着更踏实。

成子踩着丽江的第一场雪，享受着南方特有的钻骨头式湿冷，把所有物资送给那些需要的人。

成子向来信奉君子之交淡如水，自己能做的从不麻烦朋友。他也很自信，觉得有心人没有什么事非得靠别人去做。

他对我说，拯救世界那种大事有厉害的人做，我们这些凡夫俗子塌下心来做好身边力所能及的小事就挺好。

去年一年不太平，后来又遇七月海南超强台风，八月鲁甸地震，每一次他都赶在前面。

今年四月尼泊尔重震，波及西藏日喀则，樟木聂拉木受灾严重。

说起四月，成子依然心有余悸，十年前的四月，他差点死在聂拉木。樟木海拔只有1000米左右，那时又正是夏天，气候宜人。

成子和两个户外发烧友从樟木返回聂拉木，樟木突降大雨。

据当地人的经验推测，若樟木下大雨，聂拉木此时肯定是在下大雪，四月的风雪是夺命刀，说不定会大雪封山。

三个人年轻气盛，不理会，豪情万丈地要去送死。

后来，果然遇到雪崩，他被深埋在雪里，靠着人绝望时的求生欲和西北人的悍劲，经历四十八个小时堪比《垂直极限》的挣扎，幸存下来。

后来，养了快一个星期才找回人形儿，好在捡了条命回来。

成子讲述这个所谓的插曲时轻描淡写，但眼里依然有些许的恐惧，他说，那是他有生以来第一次认真思考"死"这个字。

所以，当他知道樟木聂拉木受灾严重的时候，他二话没说，联系人道救援组织蓝天救援队，买了张第二天一早飞拉萨的机票。

临行的前一天晚上，豆豆给他收拾行李。她担心，害怕，虽从未进过藏地，但早从成子口中听过藏地的险峻，再加上天灾，她一颗心七上八下不是滋味。

豆豆是很理智的人，很少哭泣，她也是个坚强的姑娘，没什么事儿能吓倒她，可那天晚上一边装背包，一边一个人偷偷抹眼泪。

她知道那个地方于成子的意义，也知道自己不能阻止他，可是那么危险，成子又痛风发作，万一有什么事儿怎么办。

救灾救不成，再把成子搭上，那不是要了她的命。

豆豆问成子，一定要自己去吗，我们捐钱给当地的人行不行，一定要亲自去吗？

成子斩钉截铁地回答，对，要自己去。

成子走了半个月，豆豆天天守在茶社，念阿弥陀佛为他祈福。白天她迎来送往，像往常一样招待来茶社的客人。

空闲的时候，豆豆就淡定地给自己泡壶茶，再看看船长。在心里默默告诉自己，吉人自有天相，十年前的雪崩都能平安，这次一定没事。成子是去做善事，老天一定会照顾他的。

可当夜深人静，豆豆的心酸中又会掺着些微的震动，全世界关注的目光全部集中在震中尼泊尔，关于日喀则的情况鲜有报道。

救灾地点在藏区，手机基站还有很大部分没抢通，灾区通信困难，电信也呼吁公众尽量不要往灾区打电话，以保证最紧急和最重要的通信。

微博上的救灾新闻里，世人都沉浸在悲痛和泪水中，进樟木和聂拉木的路本就难走。

现在又是风雪交加，什么车都进不去，很多物资到了抢修的地方也只能等。

时间一久，不断有人死去，包括最幼小最无辜的孩子。

成子每每接到电话也只是和豆豆报平安。

豆豆说想看看现场的情况，他就发几张房屋倒塌的照片给她，看起来没那么严重，好让她不担心。

他不敢让她看到那些流着泪的脸，还有绝望的哭泣，那些永远沉睡的孩子，那些失去亲人、让人痛不欲生的画面。

在出发之前，他没有想过灾情如此严重，觉得自己带的东西和钱应该够用了。

面对眼下的状况，他只能启动"馨蓝公社"救援，没想到的是，两天半的时间竟募捐善款十多万元，甚至有很多是素未谋面的陌生人。

成子看着微博下面的话、支付宝和微信的留言，一个三十多岁的西北汉子，坐在藏地蓝天白雪的夜里感动得热泪盈眶，虽是满目疮痍，心里却温暖。

"成子叔叔，我只是个学生，但是我相信你，100块不多，希望你能收下。"

"成子哥，这个季节聂拉木应该很冷，你也要注意自己的身体。"

"成子，我是个粗人，不会说话，这1000块你收下，给孩子们买吃的，给你我放心。"

"成子哥，你别谢我们了，你是好人，平安回家，以后去你那儿喝茶。"

……

也许是陌生人的信任给了他无限的力量，连着两宿没睡，带着募捐的善款，自己开车往拉萨走，把所有的物资置办妥当。

别人都买冲锋衣、矿泉水和方便面，他就买贴身穿的保暖内衣、棉袜子、棉鞋、有肉的罐头和牛奶。他看着一双双泪眼婆娑悲伤无助的眼，他觉得无力，在这样的灾难面前，个人的力量渺小到几乎绝望。

他说服自己镇定，去做一些自己可以做到的事。

进灾区的路仍在抢修，周边都是装满物资的救援车，全部在等候。成子心里着急，他想，在这儿等和在家里看新闻有什么不一样。

凭着自己之前在这里生活过的经验，他和几个救援时认识的朋友开了一个小会，短暂的时间组成了一支小分队。

大家紧锣密鼓地把各种救援的标识贴了满满一车身，一路打着双闪，独自开辟了一条路前往灾区。

成子和他的临时救援小分队成功地把物资送进重灾区一线，亲自递交到灾民手中。

这是拉孜县民政局收到的第一批真正意义上的救命粮。

救灾告一段落后，离开拉萨的前一晚，成子一个人去大昭寺转经祈福。他找了很久，当年那个硬要他做儿子的阿尼已经不在了。

他没有敢想最坏的结果，只是不停安慰自己，阿尼应该已经去另一个世界享福去了，那个地方没有灾难和病痛，再不用经历生离死别。也许他已经跟他的儿子团聚了，好事儿好事儿。

浪荡天涯的人儿啊，我们从不悲春伤秋地矫情，但总愿善良的人们一世安好。

在机场等候返程的航班，信号满格。

豆豆打来电话，说自己排队预约，如果缺血，可以第一时间献血，还接到了很多朋友的询问，大家纷纷要往灾区寄药品食物和帐篷。

飞机上，机长看到他们一身行头刚从断壁残垣里爬出来似的，试探性地聊了几句。

得知他们是自发来救灾的，心生敬意，立马为他们升级为头等舱。

机长说，累了这么久，好好睡一觉吧，再睁眼就到家了。

成子说，世间自有温情在，世间还是好人多。

每年到了收茶的季节，成子总会带好食材去山里陪隐伯住上一段时间。

二人每日一半聊茶，一半追忆往日时光。

隐伯也没再见过故交僧人。

每年农历的七月，成子也会找一个周一，自己去寺庙里喝茶持咒。

感恩僧人对他的点化，一日为师终身为父。

愿此生还有机缘与师父再见。

丽江今年的雨季，比以往早了两个月。

每当我撑伞路过茶社门前，他总会邀我进来喝杯茶暖暖再走。

看着眼前这个西北汉子，往日的戾气全无，平淡得像泡开已久的老班章。

这天，成子给我讲了一个好长好长的故事。

在最后，他拿出手机打开相册，翻找了半天给我看，上面是一张破破烂烂的纸，上面歪歪扭扭写着几个字，依稀可以辨认。

他抽口烟，轻轻对我说，这是我一直信的事情。

我轻轻地念出了声：但行好事，莫问前程。

他望着我，轻轻地笑了。

我又没有很想你

小莫：

　　展信佳！

　　我曾经写信时，无论什么时候，都爱写展信佳这三个字，有时也会写好久不见。不知道你现在是否已经睡下，本来这些话应该早点让你看到。但是第一次写的东西因为电脑系统崩溃，不小心都弄丢了，当时欲哭无泪，于是要重新来过。

　　你看我就是这么粗心，一直都是这样。这两天我病了，很严重，嗓子都失声了，我给自己放假，到医院看病，去超市买水果，上午躺在床上看书，中午熬了一点儿粥，下午把电脑重做系统，晚上出去和朋友吃饭，我是一个工作狂，没事做时会发疯，所以闲不下来。

　　此刻已经是晚上了，感觉无聊，然后看了多半部的《蓝色大门》，然后开始给你写信。

　　你看，我又没有很想你，只是在这样一个无聊的时候，无意中想起了你。

　　你放心，我现在完全可以照顾好自己，我不再是曾经那个什么事情都要躲在你身后的毛头小子了。现在回想起来，已经久到要忘记他们的名字，那些被阳光照到一角的往日时光，即便是什么，也在日光的烘烤下渐渐软化和融解。那个时候自己的想法现在都忘光了，大抵都是为了学习烦恼，零花钱太少，没有一场正儿八经的恋爱，每天神经兮兮的样子。

二七五班，贾文宇，一楼左拐第一个教室就是了。这是曾经唯一能够联系到我的方式。

现在我想起来，可能就是在那个时候习惯了独处，才能够让现在的我心安理得地享受别人难以忍受的孤独。最近孤独这个词好流行啊，可当时不懂，心里翻涌着青春期的叛逆，夜里偷偷跑出去上网，诅咒数学老师生病别来上课，盼望早点放假，甚至恶毒地想过如果"非典"再来一次就好了。

仍然记得每一种在内心里挣扎着破土而出的情绪是怎样控制了自己，那些看来自私又白痴的问题，竟然可以暗自想一个上午。难怪你曾经说我总是白日做梦。

小莫，你曾经说从小到大、从年轻到衰老是一个漫长的过程，我笑你矫情，现在看来它不止漫长，而且庞大。兴许是现在过得不如意，我总是想起曾经的时光，就像个迟暮的老人，尤其是在生病时更容易自怜自艾，着实矫情了一把。

前一段时间用了很长时间整理书柜，发现竟然有那么多没看的书和杂志，也找到了高三毕业时的一些小礼物，都是你和同学们在临走时送给我的。比如在口服液褐色瓶子里塞的小纸条、我游泳比赛时你拍的照片、我所有文章题目串成的作文、给你写的信，还有那本看了又看的毕业纪念册。

我算了算时间，一晃眼，十一年就这么过去了。

你看，我又没有很想你，我只是在看到老时光旧物件时，无意中想起了你。

这些你的我的曾经往事，都是一张张面容平凡的脸庞，在某一个深夜重新湿漉漉地粘在了记忆里。在我的潜意识里，我还是那个穷学生，还是那个满身落魄的小孩，怎么一晃眼就变成现在这个样子了呢。

许久未见的朋友，见到我都奇怪地问，你到底发生了什么事情啊，怎么就变成这个样子？我摊摊手，耸耸肩，我怎么知道，反正就是这样啰。

曾经你嘲笑我文章写得不好，用的成语不多。阳光很暖，日子很长，回忆很浓。四个字的词语我也可以说很多啊，不要再笑话我了哦。这个晚上，我又一次目睹自己十几岁的某些片刻，觉得它安静但不是特别美好，总是感觉望也望不穿，像是弥漫着浓雾，包括在回忆中无法散去，总是有着的小情绪，心里怨恨着一些事情，以前我觉得自己过的不是正常生活，但就这么一天天过来了。

世界上的事情都像是飞快地穿针引线，轻易地拉扯出了一段往日青春。那些在回忆中挥之不去的浓雾，就好似我们回望曾经时那种遥不可及的心情。

我想起那些课本后藏着的笑脸，都是发生在已经打扫干净的校园里，它靠着山对着水，承载着许多和我一样的学生们心底的话语，那些微小的情绪不能被展露，但又急切地渴望被人理解，用所有姿态抵抗着每日的生活，又渴望有人包容和接纳。

我想起在头发遮盖下闪着光的眼睛，眯起眼睛看着老师走进教室，坐下来讲一张试卷，下课铃迟迟不响，于是心里烦躁。偷偷扭头发现大家都是一样的表情，于是将自己的脸扭得更特别一些，总是想着怎么和别人不一样。

我也想起在书本夹页里偷偷写下喜欢的人的名字，歪歪扭扭的字是不可外扬的秘密，想要扮演高风亮节的角色，又一直假装漠不关心，以为每天打打闹闹就可以被那个人记住，但实际上存在感这回事远不如一场突如其来的考试。

一直都是有话闷在心底，校园里的杨柳和梧桐也与自己无关，趴在课桌上沉沉睡去的我们，也不明白之后会遇到怎样的风风雨雨。

你看，我又没有很想你，我只是想起了曾经的学生时光，无意中想起了你。

小莫，我在看《蓝色大门》的时候，一些对话突然就闯入了脑海，它好像就发生在昨天，或许是电影中的情节，或许是曾经发生过的记忆，我也说不好。

喂，你为什么不喜欢我？喂喂，你为什么不喜欢我？

告诉我个秘密。

为什么？

快点，告诉我个秘密嘛。

你真的很想知道哦？嗯，其实我真的很讨厌游泳，其实是一个人感觉无聊，有什么运动可以是一个人做的呢？

很多运动都可以一个人做啊。

可是游泳比较帅啊。我又想参加比赛得名次，又想保送上大学。

你在说什么啊，乱七八糟的。再想。

嗯……其实我还是处男。

很多人都是处男啊，又不光是你一个人。

那……其实我尿尿都是分叉的。

什么？

其实我尿尿是分叉的啊。人家都是喷水式，或者是接近直线。我就不是，我也不知道为什么。你不要跟别人讲哦。丢死人了。

嗯，公平，那我也告诉你一件秘密的事。

交换秘密的事我和你也做过，就是这种白痴的对话，却可以让彼此激动好一会儿，这些绝版再无发行的回忆，被深刻地记下，然后随时拿起。我只是想不起具体的时间地点，也忘记了谈话的内容，那个时候，我多大？你又是几岁？中间突然被跳过的年华里，我们又都在做什么？

小莫，我们这里下雪了，接连几天的大雪让北京成了北平，当时我还在公司开会，我正在神采飞扬地和几个同事讨论下一个广告方案，一扭头就看到了窗外飘扬的雪花，本来天气预报说有雪，心里已经有了期待，果然现在看到了。

我透过玻璃窗想仔细看看雪，却在玻璃里看到了自己那张苍白的脸，然后我就觉得身子发软头发晕，应该是病了。我突然就有点担心，担心工作做不完，担心下班堵车，担心家里的暖气是否够热，我思量了许多问题，唯一没有想到的，就是下楼站在空地上，好好看一场雪。

现在的你我肯定不再是曾经的模样了，但我有些习惯依然没有改变，比如经常一个人在深夜睡不着的时候穿行半个小区，去二十四小时营业的超市买东西，有时是一块蛋糕，有时是一瓶热饮，不多，正好够我在回来的路上吃完，打开门的时候发现手里还是空空的，就会自己笑自己。

有朋友曾经打趣我，夜路走多了也会撞到鬼哦。我天生胆小，有段时间又在追一个讲灵异事件的网剧，那几天我走得格外快，小路上隔十米一盏路灯，我就要在这忽明忽暗的路上走十分钟，说来也奇怪，到了最后一定是在黑暗中上楼。

这种又担心又害怕，还带着一点期待和雀跃的时刻，像不像我们充满了隐喻的人生？

你看，我又没有很想你，只是在黑暗中独自漫步的时候，无意中想起你了。

我记得你是喜欢下雪天的吧，上学时每当下雪，你总会站在屋檐下，仰着头看着屋檐之外那个大雪纷飞的世界，消失了湛蓝颜色的天空，仿佛被灌上了一整块铅，你看着被白雪覆盖的羊肠小道和低着头匆忙的身影，扭过头问我，你觉得安静吗？我点点头，你微微一笑，我倒是觉得很闹。

我不像你，每当天气不好时我的心情也会不好，我不能像你一样那么会想，曾经我笑你矫情，我觉得下雪无非就是天气变化，有什么好联想的，但如今我却也如你一般，觉得这个世界真的很吵。

打这些字的时候正在听歌，你肯定知道我听的是什么，我是那么喜欢着她，那张无所适从的脸和丝绒般细腻的声音，这么多年一直陪伴着我，我忘不了她唱歌时倔强的表情，就像是你在做题时的神情。当我知道她最近的纷纷扰扰后也很难过，我一边听歌一边心里痛骂那些嘴下不积德的人，然后突然想起了某次她在演唱会上说的话——

如果有一天我不唱歌了，我会放弃一切关于我的宣传活动，我不希望有人记得我。如果有一天我不唱歌了，希望你们可以忘记我。

当时我坐在台下，和身旁人一样哭成了傻瓜，像所有的狂热粉丝一样，我没办法想象以后她不唱歌的日子，我听什么，我追什么，我该怎么办。我设想了所有为什么和怎么办的问题，但后来，她真的就隐退了，一走就是十年。

现在我回想起来，那时我都在想我怎么办，我从来没有想过，她是否喜欢。

小莫，对于我的信仰，或者偶像，无论如何都不应该放弃，无论是现在正在喜欢的，或是曾经有过的，正是因为那些被叫作偶像或者明星的人，他们都在为了那些喜欢着自己的人而继续努力着，所以会给别人带来希望，所以我没有放弃过。

曾经我想过一个问题，如果我们放弃了他们，也放弃了自己，就好比文字是我和生活的私生子，我却用它们来意淫生活。考虑事情开始越来越复杂，小心地和周围的人事相处，学会适应周围的一切，学会了圆滑和世故。

生活没有发出声音，没有叫醒任何人，时光也仿佛是打了一个微小的褶皱，于是一切就变得不可思议起来，偶像离开了，身边的人离开了，我走上了其他的道路，任何事情都没有后退的机会，一旦走上去，就永远无法回头。

你可以停留，你可以前进，但是，你就是不可以后退。

只是曾经的就已经是过去了，曾经在运动会上给班级写宣传稿而不让参加长跑，曾经用的书桌和圆珠笔都留在了那个树荫的下午，曾经把老师气得半死还沾沾自喜地以为自己厉害。曾经可以用物是人非来代替，那现在呢，是不是也有一个词语替换？

每天看上去都是一模一样的一天，但其实也改变了模样。

你看，我又没有很想你，我只是在想起今时今日，无意中想起了你。

小莫，这些日子我看到了很多离别，我的几位亲人永远地离开了我，心里从最开始的难过到现在的平淡，到最后也最多不过暗自收藏一份细微的感叹罢了。我们曾说相见不如怀念，可我也不止一次在梦里见到他们，说到底还是放不下吧。

那些在我们身后刚踩上去的脚印随后就被其他的人覆盖上去，已经变得模糊，只是曾经有他们陪伴的日子，不会再有。

你知道我的记忆力不太好，却从未知晓这样一个关于遗忘的习惯，一个人如果选择了忘记，那么这也许有些残忍，但如果一直记得，却也很伤神。所以一直以来我都觉得，对于过去，我们还是选择忘记为好。

我一直都觉得这个世界不符合自己的想象，但它中间又包含着太多的爱恨离别，对于我们每个人而言，其实一点的爱和恨都可以让我们活下去，我们就是这样，聚集了太多的爱和太多的恨，才把自己的生活叫作人间。

你曾经对我说，要做一个善良和温柔的人，因为总有一天，我们的那些善良和温柔会让自己成为一个很别致的人，并且人们会因为自己的那些温柔，原谅那些错误，让彼此成为美丽的过往。只是，有一天我们会真的亲口否定今天所做的一切吗？还是让我们再次提及今天的时候就开始悔不当初呢？

在那些四下寂静的时刻，我们才能看到真实的自己，有时自己也会觉得陌生，一张张面具摘下来，看到最后的脸竟然完全不认得，我们有太多理由为自己开脱，为了生活，为了赚钱，为了养家糊口，一句迫不得已就会掩盖掉许多事情，一句情不自禁也会解释很多来去，而那张最后的面孔，才是我们最不愿意承认的，最懦弱的最不掩饰的，也是最真实的自己。

我已经不太喜欢说这些话了，因为我知道说了也没人听，还要被人诟病，曾经写逝去的亲人，有人说太矫情，有人说讨厌用孝顺做借口，你说我该怎么办。我是在认认真真回忆和他们相处的时光，写下自己的真实感受，但这个世界上哪里真的有感同身受这回事？我曾经恶毒地想过，让他们家也死个亲人，看看是不是和我一样的感受，如果我也说矫情虚伪，他们又该做何感想？

这个世界太不公平了，无论再怎么做，都无法阻挡一些人的离开，做得再怎么好，也总有人不满意。曾经我们以试卷的分数排名次，可现在都没有了一个统一的标准，曾经我们觉得长大了就可以脱离苦海，哪想到曾经才是永远的温柔乡。

小莫，你曾经无数次地问我，你什么意思？我都说我没什么意思啊！你举着我写的文章，一遍遍问我你什么意思你什么意思你什么意思，你到底是什么意思啊？

其实，我的意思就是我们都要长大，无可避免的。但我们根本没有认真想过长大是怎么回事，也没有案例可以参考，没人告诉我们长大是一种什么体验啊！

这世界，不是每个人都能像你一样。

这世界，其实就是很不公平。

对不起。

对不起什么？

你十七岁。你想的只是，能不能上大学。不再是处男。你本来就是多么幸福的小朋友啊！

电影中篮球场隐秘的角落里，蹲下身来，拿出圆珠笔在墙上写下小秘密。

好不甘心啊，夏天都快过完了，好像什么都没有做。

对啊。好像每天就是跑来跑去。什么事都没有做。

但总是会留下一些什么。留下什么就会变成什么样的大人。

我要回家喽!

我也要回家了。

留下什么,我们就会变成什么样的大人。

你看,我又没有很想你,我只是在想离别和成长这回事时,无意中想起了你。

寻找有时,失落有时;保守有时,舍弃有时;撕裂有时,缝补有时;静默有时,言语有时;喜爱有时,恨恶有时;争战有时,和好有时。

电影中说,三年,或者五年以后,我们会变成什么样的大人呢?曾经我也想过这样的问题,可如今都十一年过去了,我觉得自己还没有长大。

你曾经的回答是不用想,因为不是自己能够预料的,但可以肯定的是,那时的我们,一定是个大人了。

你瞧,曾经的你说错了。我之前看到一句话觉得说的有道理,所谓的而立之年,应该再往后推十年,因为这个世界太快了,而我们成长的太慢了。按照这个说法,我现在应该还在青春期吧!

只是早就不见了梦想、不见了坚持、不见了爱人,看不到童年、看不到青春、看不到彩色的童话,他们仿佛都随着记忆和时光飘向了我不曾遇见的对岸,而我,却一直停留在这里。

这样的自己,是该感激,还是该怨恨?电影中很多煽情的对白,女孩子哭着大声说,其实我一直都喜欢着你啊,你怎么不知道,你真是个白痴。

　　于是我们蒙着眼睛自欺欺人过了一年又一年，只是我知道，很久很久以后，当我的岁月开始走上了倒计时，当回忆如同秋天的落叶一片片坠落，当我站在了自己生命的尽头，我也不会忘记那个曾经在年少时偷偷许下的诺言。

　　想记住你，想和你在一起，想和你一起长大。虽然现在看来已经无法实现了。

　　我曾经做过一个梦，我长大成了别的样子，丢弃了曾经幼稚的外壳，朝着一个黑色冲过去，当我发现那是一面墙时已经来不及，就狠狠地撞了上去，当时在梦里疼得眼泪都掉了下来，我以为那是一个罩着黑布的未来，没想到只是一个死胡同。

　　就在我们走过一段段旅途，看过一场场爱情，我固执地相信，那些原以为是辉煌的东西，比如漫天的火树银花，还有代表幸福的摩天轮，都是假的，都是错的，都是原本身边无人的我们为了想象添加出来的，本来毫无意义的东西被笼罩一层美好，就变得格外幸福。

　　于是期待幸福的人们，也会因为这份华丽和美好，一遍遍自我催眠，以为什么都不用做，幸福就会登门造访。其实，哪里有那么容易啊。

　　你走后我就一直梦到你，你站在离我不远的空地上，周围有些人影看不清楚，我对你伸出手，你只是微笑，大声说着什么，可是我都听不到。我用尽全力地跑向你，可你却在一直倒退，我认真地看着你，可你的脸却越来越模糊，我就站在黑暗中看着你离我越来越远，然后我就会在梦里大哭，最后哭醒，摸摸自己脸上都是冷冷的泪水，想着梦中发生的那一切，我觉得那是一个隐喻或者警告。

它告诉我，别再执迷不悟了，你已经离我而去了，你已经走得太远太远了，你不会再回来了。

我曾经仔细回想过在梦里对你说了些什么，我说公园里那个小秋千已经沉寂很久，后来终于被拆了，那曾经是我们经常见面的地方，我会在那里对你说许多委屈的事，而你总像大人般安慰我。

我说有时我就悄悄坐在客厅里，幻想着你的电话可以突然打进来，幻想可以一起看曾经的风景，走曾经的路。在这个世界上有各种各样的人，可我偏偏遇到你，可你身边也有各种各样的人，却偏偏离开了我。

我依然走在你我曾经走过的道路上，只是你永远停在了那里，而我却被岁月推着，继续往前了。

你曾经说，怕他们做什么，要死一起死。可是，现在，你死了，我却依然害怕。

你看，我又没有很想你，我只是在想到一些梦境时，偶尔想起了你。

电影里还说，看着你的花衬衫飘远。我在想，一年后，三年后，五年后，我们会变成什么样子呢？因为你善良，开朗又自信，你应该会变得更帅吧。

于是我似乎看到多年以后，你站在一扇蓝色的大门前，下午三点的阳光不错，你脸上有几颗青春痘。你笑着，我跑向你问你好不好，你点点头。

三年，或者五年以后，甚至更久以后，我们会变成什么样的大人呢？是像体育老师，还是像我们的父母。虽然我闭着眼睛，也看不见自己。

但是，我却可以看见你。

你曾经说电影永远只是电影，你说无论谁先离开都不要哭。你瞧，我都走过这么多年了，我重新找到了生活的踪迹，可是，我却弄丢了你。我也想最终忘记一切开始新的生活，我也想不再去丈量时间权衡自己的人生，只是我做不到。

我只是想在这样一个深夜，一个你已经离开我十年后的今天，对你说一些话。这些天有许多鸽子飞到我家的阳台，它们成群地飞翔在雨雪的缝隙中，只是偶尔想休息一下。

就好像那天，我最后一次去医院看你，你已经被抑郁症折磨得骨瘦如柴，你站在窗前，望着外面，轻轻对我说，太累了，好想歇歇啊。

我那时赶忙扶你坐下，我对你说，那你还站着，快好好躺着，睡一觉吧。

你对我微微一笑，是啊，该睡睡了，好久没有睡过一个踏实觉了。

那天夜里就下了那年冬天的第一场雪，那么大的雪我还是第一次见到，深夜里我从噩梦中惊醒，心有余悸地推开窗，在刺骨的寒风中打了一个寒战，而我没有想到的是，那时的你，站在楼顶看了整夜的雪，最后伴着清晨第一缕阳光，从楼顶跳了下去。

我接到电话发疯似的赶到医院，你单薄的身体已经覆盖了同样单薄的白色床单，你的妈妈哭得惊天动地，我挤不过去，只能远远望着你被推走，无能为力。

我闭着眼睛，也看不到自己，但是我却能看见你。

你看，我又没有很想你，我只是想起最后一次与你分别，无意中想起了你。

小莫，我现在过得不错，虽然我和你发了一堆牢骚，但是我很庆幸我有很多事情可以做。我出版了好多本书，我的广告得了大奖，我的人生朝着越来越明朗的方向发展了。你知道吗？当我一天天被人所知道和羡慕的时候，我总是想起你，想起你永远干燥的后脑勺，还有你突然回过头看着我的笑脸。

你对我说，没什么是不可以度过的。我也明白了，当你生活在别人羡慕但自己却感觉很累的生活里，你也会逐渐迷失自己，并且失去了抱怨的机会。

很多的时候，我就像今天这样，把自己的所思所想，把自己的抱怨，写进文字里，躲过一个真实的世界，躲过一个都是别人的世界。没有吵闹，没有声音，我看着在文字中躲藏的小小的自己，就好像是看到了曾经的你。

我啊，不是愿意和你说话，不是不愿意接受这样的生活，我只是也快要厌倦了你已经放弃的这个世界。

还没有告诉你的是，其实我在看电影的时候睡着了，在睡梦中我竟然再一次看到你，梦中是闷热的黄昏，突然听到脚步声从通往楼上的台阶响起。你能相信吗？我在我家门口的透视镜中看到了你，你捂着眼睛，我看到你的眼泪从手的缝隙中一点点渗透出来，你没有敲门，我没有开门。

我不知道你为什么在梦里还这么难过，都过去这么多年了，到底是你没放下，还是我没放下。

你在的时候我很少看到你流泪，就像你从来不会难过一样，你对我说，愿意听你说话的人越来越少了，他们都说赶紧吃药赶紧睡觉，然后就会好起来。你低下头呢喃道，可是我不想吃药，我也不想睡觉，我就是想找个人听我说说话啊。

现在我想说，当自己还年轻的时候，请一直尽情地说话吧。因为当我们一旦长大，那么这些话就只能说给自己听。或者实在不想说，就一直放在心底。

直到这一刻我才知道。小莫，我又没有很想你。只是我在梦中遇到了你。于是河水泛滥，天地苍茫。

我忘记了自己手里还端着滚烫的水杯，于是那水杯里的水就滴滴答答地渗到了我的 T 恤上。衣服上的水迹开始一圈一圈地散开，仿佛莲花摇曳出一整个世界的巨大轮回。

小莫，你离开我，整整十一年了。

我好想你。我好想你啊。

忘记说了。那个篮球场，你和我在墙上用圆珠笔写下秘密，我忘记哪句是你写的，哪句是我写的：

这里的天空有一片海。

为什么那么偶然，会遇到你。

我到此一游。我在这里。

我在这里。一直在这里。

不想你的远近

Part 2

第二章

一座禁城

01

媛媛顾不上擦额头的汗水，对售票窗口里冷若冰霜的中年妇女苦苦哀求，阿姨，拜托你，就让我们进去吧。里面的人一脸不耐烦，敲着窗口上的告示说，你自己看看，五点闭馆，四点半就停止售票了，现在几点？你明天再来吧。

媛媛趴在窗口探进去半个脑袋，焦急地说，阿姨，可是这是展览最后一天，明天就没有了啊，我们真的很想看，求求你让我们进去吧，我们看完马上就出来。

里面的人一脸不耐烦，呦！您还知道今天最后一天啊，那早干吗去了？别耽误我下班。说完，啪的一声把售票小窗关上，拿起椅子背后的包，踩着高跟鞋哒哒哒地走了。

媛媛深吸一口气，转身看着站在背后的麦子，狠狠地瞪了他一眼，都怪你！麦子一脸无辜，怪我做什么？是路上堵车。媛媛急了，那怎么早几天不来？前几天都干吗了？

　麦子脸色也阴沉了下来，喂，你讲不讲道理？前几天难道你也没有毕业答辩吗？是谁记错了展览日子？嫒嫒气不打一处来，她咬咬牙，胡乱一甩手，算了，反正也分手了，无所谓，我走了。

　这一天嫒嫒如果没记错，应该是 2013 年的 6 月 20 日，北京天气热得不像话，故宫博物院的午门被维修的帷帐围住，看起来像一张墨绿色的大口。

02

　这天午后，有人敲我办公室门，我从电脑前抬起头，进来。

　推门进来的是嫒嫒，她是部门新招的文案，说话大嗓门，语速快得像机关枪，她把一杯奶茶放在我的办公桌上，摆出一个淑女的站姿，笑嘻嘻地问：老板，周六有空吗？

　我看着手边冒着热气的杯子，开玩笑地问她：今天嫒总是唱哪出？怎么想起来给我倒茶了？嫒嫒嬉皮笑脸，我这不是有事求你吗，拍个马屁也实属正常，自古常言，无事不登三宝殿。我这考虑了好久，觍着脸敲门，你说一个女孩子家家的，如此低三下四，您能不给我个面子？

　我连忙打住她的滔滔不绝，得！有事说事。嫒嫒拉过一把椅子坐下，双手撑着办公桌，探过半个身子望着我，听说你是故宫通？全公司都知道你对那里了如指掌，门儿清。

　　我点点头，是啊，怎么了？她一脸的渴望，周六您能不能带我去逛逛？我也很喜欢那儿，大学时常去，据说故宫中轴线大修结束了，您也就当看个新鲜，带我去，好不好？

　　我有点为难，这……最近工作很多，周六人也多，天气又这么热，你知道我是一个怕热的人。媛媛急忙说，不怕，我给您带饮料，给您带冰贴，给您备扇子，渴了有好水饿了有好饭，您就是亲人来了有好酒，若是那豺狼来了迎接他的是猎枪！说完还摆出了一个"巴扎黑"的姿势。

　　我"扑哧"一声就笑了，你真应该去说相声。媛媛一看这事有谱，当即站起一拍手一鞠躬，您真的是天底下最帅的人，不枉费我对您的崇拜如滔滔江水浪打浪，一浪高过又一浪，后浪把前浪拍在了沙滩上！我低下头揉着太阳穴，你出去吧，我想静静。媛媛又贫嘴，静静是谁？结果看我一瞪眼又连忙说，好好好，那我出去了，奶茶趁热喝，我特意嘱咐加了特别多的珍珠，可贵了。

　　我弱弱地说：我从不喝奶茶，怕胖……

03

　　周六我和媛媛站在故宫午门外时，我看着修缮一新的宫门和城墙下乌泱乌泱的人重重叹了口气，你看看我说什么来着？去故宫不能周末来，你瞧瞧这人，你看看你那一脸仿佛要高潮的脸……

　　媛媛抬手打断我，别！来不及了。我一把扯下她的胳膊，我还真告诉你，我决定不去了。媛媛眼神一暗，他就从来不会这么说。我一愣，谁？媛媛低下头，麦子，前男友。我皱着眉头，我又不是你男友。

媛媛认真地看着我，是啊，没有人是他，所以我也找不到人来陪我再去一次故宫，都说人多天热不讨好，都讲无趣老土没情趣，怎奈岁月催人老，沧桑变故人海茫茫回头是岸立地……

我吓得赶紧求饶，我去买票。说完我一路小跑远离了这位张嘴说段子的主儿。

穿过太和门，媛媛快步下台阶，推开拥堵的人群在太和广场里低头四处看，我在背后喊，你在找什么啊？钱包也不可能丢这里吧？丢了也找不回来啦。到了广场左侧地砖的品级山，她蹲下身去仔细端详，然后又跑回前面大跨步地走，我狐疑地看着她反常的举动，然后她停下来一脸迷茫。我走过去问，怎么了？

媛媛用手指着脚下的青砖，就在这里啊，麦子就是在这里跟我表白的。那时人也好多啊，我被挤得喘不过气，他说这个品级山是正二品，他喜欢这块砖的纹路。他说我们要永远在一起，要用这块砖做见证。

可是故宫里这样的砖太多了。媛媛说，麦子那时蹲下身拿出钥匙，悄悄在上面刻了一个歪七扭八的图案，我阻止他说这是文物，他解释这里的砖都定时更换的。我问他刻的什么，他说是个圆。可是我这次来却怎么也找不到了……

媛媛盯着地面，愣愣地说，果然是又被换掉了，可麦子说要永远在一起的。我看着媛媛，不知道她说的是自己，还是那块被换掉的青砖。

04

到了保和殿前，媛媛心情似乎好了一些，她指着前面错落有致的汉白玉台阶给我看。

她说，这里下雨天特别美。有一次我们专门在雨天来，这些台阶上的龙头都在喷水，就好像是水帘洞的仙境，麦子喜欢故宫，我就陪着他一次次来，大家都说麦子不浪漫，哪个女孩子不喜欢逛街喝咖啡，但我觉得这里也很浪漫啊。

后来吧……媛媛说着说着就笑出声来，下雨那天，麦子拉着我在这里跑，然后我摔了一跤，拽着他也栽了个跟头，旁边的人像看傻子一样看我们，可麦子却笑得合不拢嘴，那是我们最开心的一次。

绕过中轴线，游人便少了很多，我们坐在畅音阁的走廊里发呆。媛媛说跟麦子来了许多次故宫，最经常去的就是畅音阁，这座故宫里最大的戏台一般人不熟悉，特别安静。之前我不乐意问他，为什么总来这么一个地方，不腻吗？

媛媛盯着戏台的柱子，继续说，他说人活着太短暂了，只有建筑能够永恒。他喜欢这里，愿意带着爱的人和永恒打个照面，这样就可以在一起很久很久，还有很多很多时间在一起。

我一哆嗦，真够肉麻的。媛媛也笑了，是啊。

畅音阁里很安静，戏台被修缮一新，在正午的阳光下泛着金光，耳边低低地响起京剧，听不清是什么剧目，只是一瞬间觉得很安静，仿佛停在了历史的交叠之中，微风吹起，整个身子都清爽了。

媛媛抬起头闭着眼迎着风，这是我和麦子最爱来的地方，现在却只有我在这里了。

05

草草吃过午饭，阳光越发毒辣，媛媛一边喊着热，一边指使我给她扇扇子，我不耐烦地问她，不是你让我来陪你的吗？怎么变成我伺候你了？她嘟着嘴说，怎么，每天给你当牛做马，今天翻身做主人不行啊？失恋的女人可什么事都能做出来。

我翻个白眼，你失恋多久了？她说，到今天整整一年。我一乐，真是纯情的。她捶了我一拳。

后来媛媛话就少了许多，在去乾隆花园的路上一直沉默。在珍宝馆，媛媛指着一尊玉雕对我说，麦子曾经说要把它送给我。

我咽了下口水，乖乖，这话你也信？这是慈禧时候的文物，买得起吗？媛媛一吧唧嘴，是故宫商店里的摆件，微缩版的。当时我们去看了，我特别喜欢，可是一看价格要800多块，我拉着麦子说太贵了，我不要了。他也有些懊恼，后来说将来一定会送给我，将来还要送我车子，送我房子，对我负责。媛媛微微一笑，不知怎的，他那天说了好多好多话。

我不由感叹，麦子可真浪漫啊！媛媛点点头说，我们就坐在乾隆花园的长椅上，他的眼神那么亮，跟我说了他和我之间的好多构想，那天阳光特别好，我感觉他的脸比这琉璃瓦还要闪。

　　她沉默了一会儿，又缓缓地说，我知道，我留不住麦子。我心里一跳，没吭声，小心翼翼地看着她。

　　我太坏了，真的，那时我又矫情又任性，脾气还差，我妈都说没几个人能忍受得了我，可我不信，我说麦子就行，麦子什么都愿意，我对他发脾气，跟他撒娇。但是我也是个好人，我在偷偷攒钱，我和他一样想过未来的生活，我要和他一起买房买车，我不需要他送我，我真的也在努力。

　　媛媛一时有些哽咽，可是又有什么用啊！

06

　　绕过乾隆花园，路过珍妃井，媛媛望着御花园里若隐若现的假山出神，我说，别看了，一会儿就要闭馆了。

　　她说，后来就在这里，我和麦子大吵了一架，他当着那么多人的面指责我，我也委屈，比他的嗓门还大，他摔下包冲出了神武门。我看着他一下子就淹没在人群里，哭得比任何时候都大声。

　　然后我也跑了。媛媛抹了下鼻子，广播里已经响起闭馆的消息，我逆着人群往太和殿跑。越跑人越少，越跑越害怕，后来我在空无一人的太和广场，一个人蹲在那块青砖下哭。那时我就觉得，我们是不是就这么结束了。还是工作人员发现我，把我送出去的。

媛媛讲得眼眶发红，我拍拍她的肩膀，都过去了，过去了。她转过身笑笑，没事，我现在已经不哭了，哭不出来，也是奇怪，以前眼泪特别多，现在想哭，却怎么也哭不出来了。

然后我们准备出神武门，媛媛突然想起什么似的对我说，你等我一下。然后转身就跑了，我心里一惊，这是要重蹈覆辙吗？这马上要闭馆了，我是不是应该找工作人员帮忙寻人？广播室在哪儿？实在不行就报警吧。

我正准备去旁边的警务站，媛媛喘着气又跑了回来，怀里抱着一个盒子，她说，我差点就忘记了，还好没有关门。我问她这是什么？她笑了一下，麦子曾经答应送我的石头啊，他不送我，我就送我自己，就当是他送的，总不能说话不算话啊。

我撇撇嘴，你还真是有钱。她愣了一下，将怀里的盒子抱得更紧，以前麦子说等以后有钱了就送给我，我说好。可我们真的有钱了，有些东西却买不回来了。

有块石头，也留个念想吧。

07

出了故宫，媛媛哭天喊地要去景山，我已经累得腿脚发软，连连求饶，走不动了，你真是不把男人当人啊，我都已经成驴了，姑奶奶放过我吧。

　　她不依不饶，不行啊，你就陪我去一次吧，最后一次！你答应今天陪我去故宫的。我受够她这点伎俩，头摇得和拨浪鼓一样，不去不去不去！她眼眶一红，以前麦子在的时候，我说去就去的，可现在……我又是一个激灵，在哪儿买票？

　　登上山，经过一座座没有佛像的亭子，我和媛媛终于站在了山顶。天色渐晚，可不远处的故宫却依然熠熠生辉。就是这里，媛媛突然说。

　　麦子和我正式说分手，就是这里，我们去过故宫很多地方，印象最深刻的就是这儿了。媛媛说，毕业时麦子最终还是和我说了分手，我以为他是因为没看成展览生气，后来我才明白，他是因为我才生气。他曾经说以后求婚就要在景山，对着故宫向我下跪。可没想到，分手也是在这里。

　　一阵风起，媛媛扶了扶刘海，这里还是这么美，你看那些城墙，就和多少年前一样，风多好啊，多舒服。这里就好像不变，只是人都变了。

　　我点点头，她问我，人说话可以不算话吗？我说，有些话说过就说过了吧。她点点头，可我说话算话。我还想和麦子做很多事情，买车买房，生养孩子，像今天这么好的天气，陪他来一次故宫，听他讲讲野史，然后就静静地坐着。

　　媛媛深吸一口气，就这么坐着也挺好啊，不说话，相互依偎着，就在这里。她指指脚下，我低头看，地上有一块铜牌，上面写着这里是北京的中心点。媛媛说，这里是整个北京的中心点，所有的建筑都围绕着这里。

可是……我围绕的那个人、我的中心点，却自己拆伙了，走了，消失了。

08

暮色四合，我微微有点冷，看着媛媛环抱着双臂，她趴在栏杆上，静静地望着远处亮起灯的故宫角楼说，多美啊！我说，是啊，真的很美。

媛媛轻轻叹了口气，麦子离开北京回到家乡，我再也没有联系过他，他或许已经有了新的女朋友，或许早已不喜欢故宫，甚至都不记得我了吧？

我说，别想那么多，他不会忘记你。媛媛用手背擦眼睛，没说话，良久，她背对着光看我，老板，我想辞职。

她说，我其实就是一个俗人，我想过争取自己的爱情，可隔阂太大就没有办法填补，我和麦子都回不到曾经了。我想去其他地方走走看看，现在放不下的，就交给时间吧，或许将来我会成长很多。

我眼睛有些湿润，点点头，媛媛冲我微笑，夏日傍晚的夕阳笼罩在她的身上，有不同于远处宫殿的刺眼，而是温和内敛，微弱地闪烁，她整个人仿佛被笼罩在一片未知里，但我又十分笃定，她的将来，必定不同今日。

有些人注定在你生命里留下痕迹，有些甚至会刻骨铭心，久久难以忘怀，只是过去的就永远过去了。无论是怎样的理由，一次的错过，带来的就是永远的诀别。

只是，那些人路过你的生命，会教会你很多道理，让你明白这个世间的爱恨，不仅仅是两相情愿那么简单，你要去维护和经营，你要去呵护和珍惜，分别的伤疤或许会愈合，回忆会淡忘，但那个人教会的道理，会伴随你一生。

哪怕遇到更多更好的人，也不会忘记曾经在青涩年华里遇到的他，也不会忘记曾经在这座城池里，彼此将爱情禁锢，把自己的爱情过成了一座禁城。

你失去了我，也收获了自己，我离开了你，也完整了自己。各自安好，比爱你好。这大约就是，最好的分别。

走吧。她站起身，拍拍身上看不见的尘埃，仿佛是拍掉了舍不得的曾经。

3012 号房间

01

这个故事发生在那座几乎无人知晓的小镇里，五十一岁这几天刚刚开始，他开始感觉自己离死亡又近了一步。

夏天逐渐浓烈起来，燥热无法抵挡地让人着魔。他看着旁边的电话怔怔出神，他已经记不起上一次电话铃响是什么时候，好像是去年电话那头传来一个娇滴滴女人的声音，催促着他要进城去缴费，他不知道那头的女声仅仅是电脑合成的机械声音，只是在她提示"重复收听请按1"的时候一次次按下1键，对不停重复的讯息说着"嗯""我知道了"，从此之后电话再没有响过。

在他五十一岁生日那天，他已经隐约觉得一切都开始进入了倒计时状态。多年独身一人的自己开始引领着他走向终结，手边未洗的饭盒像是随时可以引爆的炸弹，身边的冰箱如果打开就会散成粉末，干死的仙人掌，空空的鱼缸，坏掉的门铃，变质的泡面，一年前的台历，他甚至觉得自己周围的空气都是瓦斯，只要点根烟房子就会爆炸登上明天的早报。

他知道一切都和之前一样，但是这天早晨起来他就是觉得周遭的一切都在倒数，他感觉自己赖以生存的环境就要垮掉了，孤独即将崩溃，死亡即将来临。

他从藤椅上起身，钻进床底下拖出一个暗红色的大箱子，里面都是各种各样的物件，有他工作时候的绘图工具、图纸、参考书，各种报告、笔记、杂志和奖状，他差点忘记了自己以前是一名优秀的测绘师。找了许久，他终于找到了一本已经长了绿霉的记事簿。

他从衣柜里拿出一套西服，浅灰色的毛料，西服被装在厚厚的塑胶套里，打开后有一股浓重的樟脑丸味，他把记事簿放在西装右侧的内兜里，这么多年都没有再穿过，不知道是否还合身。

他洗了澡，在头发上抹了发油，拿起西装套在身上，腰间有点紧，不过勉强还可以塞下。从鞋柜里拿出一双皮鞋，是老婆十几年前买给他的。从西服里拿出记事簿，翻过的一页页密密麻麻，这是他用了很多年的笔记本，现在只有背面的几页空白，他拿起笔在那空白页上写下了所有该做的、想做的事情。

一切就绪之后，他对自己说准备好了。现在房子外面应该是夏天的午后，他带着绿霉味、樟脑丸味、老婆喜欢的香皂味和男士发油味，离开了自己的房子。

02

他站在如意旅社外面，忍不住胆怯地东张西望，应该不会有人认出自己吧？都这么多年过去了，不会有人记得了吧？他快步走进旅社，其实没有什么好顾及的，毕竟时过境迁，早已经没有人记得了。

柜台小姐是个衣着时髦的女郎，涂抹着鲜艳欲滴的红色嘴唇和指甲油，正拿着一面小镜子对着自己的脸出神地看。

还未来得及说话，女郎便熟练地介绍了起来，住宿还是休息？住宿一百八十块，休息六个小时一百块，之后每过一个小时加五十块。其他服务在房间的备忘簿里都有。

住宿，一晚。他说。我看一下空房，你稍等……女郎放下了手中的镜子。请问 3012 号房间有吗？我只要它。他稍微探了探身子，打断了女郎的话。

女郎歪着头仔细端详了一下面前这个老头的脸，然后眼神一闪，抓起前台的电话拨了一个号码低低说了几句，然后放下电话对他说：好了先生，我们已经收拾妥当，您可以入住了。

他点点头，他掏出记事簿，在如意旅社的旁边打了一个钩。这个改变了他命运的房间，和多年之前一模一样，粉红色花样的壁纸，暗红色的地毯，白色床单，房间的摆设、气味，甚至是那种感觉都毫无改变。

一阵剧烈的敲门声惊醒已经睡着的他，他揉揉眼睛，看到窗外依然是白天。一个女人的声音在门外激烈地喊着：开门！给我开门！我自己有钥匙的！你要再不开门！我就自己打开！开门！快开门！

　　这时一个女人兴冲冲闯了进来。他感觉轮廓十分熟悉，但是又确信不认识。女人对他怒目而视，我就知道，丽容给我打电话的时候我就知道一定要住 3012 号房的人肯定是你，你居然还有脸回来！你给我出去，马上出去！

　　他一脸狐疑，丽……容……请问你是……

　　我是谁轮不到你管！你也不配！你竟然还有脸在这里喝酒逍遥，你这个不要脸的，你这个王八蛋，我给你五分钟，你马上给我滚，否则我就报警！女人骂完就转身甩门离开。

　　他依然是一副不解的神情，你是谁，我到底做错了什么……

　　女人的眼睛里布满了鲜红的血丝，像是一条条愤怒的藤蔓缠绕在身上，她冷笑一声，缓缓开口，我是当年那个小女孩，怎么？难道你不记得那个女人和她的小女儿了吗？

03

　　他跌跌撞撞地上了公交车，依然是一脸的惊诧，不敢相信在旅社里的那个女人就是当年的那个小女孩。他当时吓得连连后退，头也不回地跑出了旅社，他连续跑过了好几条街道，最后坐在马路边上大口大口地喘气。

　　他在公交车上拿出记事簿，在如意旅社的后面写下"当年的小女孩"

几个字，然后在旁边轻轻画了一个钩。他的身边都是一个个年轻鲜活的生命，瞬间的感觉再次提醒着他的衰老，这些生命才刚刚开始，而他，则进入了倒数。

　　来到一个小区，电梯在二十一楼停下，这是他女儿住的楼层，他从来没有来过，他甚至都不知道她是否结婚，这个地址还是他几年前从别人那里打听来的。开门的是一个戴着眼镜的高大男子，请问你找谁？他感觉自己的脸渐渐烧了起来，我是……我来找洁茹。

　　洁茹不在。男人一脸抗拒的表情。哦，那她什么时候回来，我可以进去等她回来吗？他有些唯唯诺诺。男子面露难色，你……等她回来我告诉她，然后给你打电话你再过来吧。

　　可是我今天一定要见到她啊。我有重要事情说。他十分坚决。这个时候电梯突然开了，一个小女孩背着书包跑了出来，爸爸！厂子里的申阿姨今天下午又是第一个去接我的，我又比其他的小朋友都提前到家！

　　他望着小女孩，轮廓清秀，十分好看，眉眼之间分明就是洁茹儿时的模样。小女孩对他轻轻弯腰，伯伯好！他努力微笑着点点头，女孩蹦蹦跳跳回到了自己的房间。

　　我知道洁茹在家，我知道她肯定不想见我，但是，我有事情和她说，或者就这样在门口说都可以！其实，我是……我是……他开始语无伦次。跟你说过了，洁茹不在家，你改天再来吧。男子换了一脸不耐烦的表情，转身欲关门，他赶紧拉住这个男人，我只想知道她最近好不好……你……是谁……

我是她丈夫，这还用问吗？男子冷冰冰回答完，将门关上，他站在门口，身体微微发抖，对着那扇冰冷的铁门轻轻地说：可是……可是……我是她的爸爸……

他在门口坐了很久，期盼着女儿可以将门打开，但是身体里出现警报的声音，腿疼得要命，他在记事簿"女儿"的旁边画了一个钩，又在钩上画了一个叉，就算最后没有见过女儿，但是见过外孙女，也算是一种安慰吧。

他一生做了许多蠢事，蠢到现在看来都恨不得他马上就去死，也许，只有永远地离去才能够将过去彻底掩埋，他的那些蠢事、错误的选择、荒唐的决定、他的逃避和躲闪，都将跟着他一起死去。

04

过了几条街道，然后左转，就来到一个破旧的小区，第三栋楼二单元的102就是他生活了几十年的家。老婆，我回来了，你在吗？

他打起精神按响了门铃。一个穿着素色连衣裙的女人懒洋洋地来开门，当她抬起头看到他的面孔时，一瞬间觉得陌生，而后惊讶占据了她的脸庞，他也慢慢张大了嘴，许久都说不出话来。

爸。

他拿出记事簿，划掉了"女儿"字样后面的半钩，重新在后面画上了一个钩，然后又重重描了几笔。

　　洁茹走回到屋里，然后提起包，这么多年了，你都没有回来，现在回来做什么？他走进屋里，看着空荡荡的家，惊异地问，你要卖掉这个房子了？

　　洁茹挥了挥手中的广告，是啊，没有人住了，就不如卖掉的好。他喘着气看过每一个房间，发现里面除了墙壁什么都没有，发生了什么事情？男人小声地问。

　　发生了什么事情？这句话应该我问你吧？你知道我妈是怎么样一个人苦苦熬过来的吗？你知道我是怎么过来的吗？洁茹的脸上闪现出不可置信和愤怒的表情，我不想和你多说话，请你马上出去，我一分钟都不想看到你！

　　他摇头，艰难地开口，除非你告诉我你妈妈搬到了哪里。

　　洁茹转过头，无所谓了，反正当初你也没有想到会有今天的结局，不是吗？

　　洁茹抬头看着自己的父亲，他老了，脸上的皱纹密布，两鬓都白了。多年前母亲就站在这里对着他大声吼叫，发誓一辈子都不要再见他。自己身边的人都在说着她的父亲，说他如何的放荡不羁，说他如何狠心地抛下了自己的妻子和女儿去和别的女人鬼混，说他这个选择是多么的荒谬和可耻。这就是拥有着才华、温文尔雅、风度翩翩，还有秘密、私欲和另外女人的父亲。

　　噢！对了，父亲还有 3012 号房间。

　　屋子外面是夏天的黄昏，天气依然炎热，屋里却阴森森的。那些他和老婆一起挑选的家具统统都不见了，空气里有塞不满的空虚感，他走到卧室，整个天花板上有一块块难看的褐色斑点，像是一块块脱落的记忆。

他老婆再也回不来了。记忆中家的模样全部消失，只剩下洁茹站在卧室门前。那你告诉我，你妈到底去哪里了？我真的好想见她，最后一次，行吗？男人几乎是恳求地说。

她死了。洁茹说。他慢慢向后退，缓缓退到墙根上，那是以前放大床的地方，他全身毫无力气，他用力站着，他害怕只要他再一弯腰，整个身体就会爆炸，然后所有的记忆全部消失不见。

洁茹靠着门边不说话，光线逐渐暗了下去，她的脸被阴影遮住。她走到父亲面前，也靠在墙根上，我想问你，当年到底发生了什么事情，那些人说的都是真的吗？

你想知道什么，我告诉你。男人低下了头。那个女人和你……洁茹略微压低了声调。

婉春。男人的嘴角微微煽动。

对，你们的事情。

05

死亡开始渐渐爬上了他的肩膀，伸出猩红的舌头舔着他逐渐衰老的脸庞。男人的笔记簿上没有写"老婆"的事项，但是这两个字已经在心里写了许多年。在一起那么多年，老婆从来都是好心体贴、无微不至，给他一个完美的家，她脸上一直都是幸福的笑容，并且一直相信着他的一切，直到那一天。

男人看着自己的女儿，他在心里想了许久，他开始慢慢讲话，一点一点剥开陈旧的往事，声音听起来像是从遥远的地方传来。

我一直都是好丈夫、好父亲，但是我却感觉很空，不是身体空，是心里空，这种孤独让我觉得自己一事无成，觉得没有人理解自己。后来我就会去如意旅社开个房间，好好看本书，或者是泡澡。我觉得这只是一个释放压力的好方法。我一直都在3012号房间，在那里什么都没有，一切都是我的。

他看着洁茹面无表情的脸，继续说，后来我遇到了婉春，我们一开始就是简单的问候，但我们彼此慢慢地吸引。所以，我就带她去了3012号房，我感觉像是重新回到了年轻的时候，不顾一切、有趣、刺激，也感觉心里不再空。

男人都喜欢别的女人不喜欢自己的老婆，是吗？洁茹把头埋在膝盖里，没有表情地问。洁茹，我很爱你的妈妈。男人肯定地说。

洁茹示意他继续往下说，男人叹了口气，后来东窗事发，婉春在那个房间里自杀了，她的女儿也在。他顿了顿，然后你妈和我离婚，这么多年一个人，空的感觉几乎掏空了我的全部，我知道自己错了。

洁茹……男人欲言又止。不，我没事，我没事。洁茹挺了挺腰板，脸上显出坚毅的神色，我知道自己肯定没事，我比妈妈要坚强很多，我该走了，我要去接我的女儿，我知道自己的选择没有错，一直以来我都犹豫，但是现在我明白了，我要我的女儿，过自己的生活。

他疑惑地望着洁茹，发生了什么事情？

洁茹蹲下身来看着他，你知道吗？妈妈早就原谅了你，她后来几年的生活远不是你想的那样，她很寂寞，她很孤独，她得了抑郁症，所有的邻居对她指指点点，她几乎是苟活到了去世。走了也好，走了就清净了，就不空了。

男人的眼里渗出眼泪，洁茹用异常冷静的口吻说，你知道吗？我丈夫也是工厂的测绘师。

他默默抬起头，瞪大眼睛看着他的女儿，艰难地说：难道……

是的。我的丈夫，也刚刚搬到了他的"3012号房"。洁茹原本冷漠的表情换上了一副释然的神态，她看着面前瘫软着的老头，突然觉得这一切都是轮回，也是各自的结果。

她缓缓地说：我丈夫的3012号房里住着的，是厂子里的那位申太太，就是你那个婉春的女儿。

扶桑和安泽

01 扶桑

那一夜我十分想念你。安泽。

我昨天在你的微博里看到这样一句话：假如死在寂静里，那么我想穿越这个场景，最后看一眼这个流觞未完的世界。你依然是如此，用同样的模式保存着对这个世界的幻想。

你对我说：扶桑，我多想和你去看广袤平原上的苍茫落日。然后你转身离开，沦陷在地平线下。从那以后，我再也没有看到你。

那一个想念你的夜晚，我远在一个偏僻的小村镇，住在便宜的旅馆里。半夜听到隔壁有细微的声响，仿佛是有人在黑暗中起身。我摸索穿上衣服，打开门走出去。隔壁的门打开，一个陌生女子走了出来。我问她：你要去哪儿？

安泽，那个时候，我以为那个女子是你。

　　她没有回答我，转身下楼，外面有沙沙的雨声，狭窄的木楼梯，踩上去吱吱呀呀作响，我拉了拉身上的衣服，跟了过去。无数次，我都幻想着我能够在某天遇到你，我们可以一起去西藏，或者神秘地出现在任何地方。我们可以在万籁俱寂的高原山谷里奔跑，也可以去插着彩色幡旗的湖边祷告。那些如同神迹的建筑，恢复爆裂干涸的本质，是被神明庇佑的佐证。

　　只是，我无法遇到你。我几乎寻遍了与你相处的日日夜夜，却无法找到你重归的任何蛛丝马迹。于是我决定独自离去，我背着旅行包开始前往天空之城。这是你喜欢的词语，你将拉萨比作"天空之城"，因为它海拔足够高，高到在我们看来，它就在天空之中。

　　当我坐上火车看着窗外瞬息而过的树木和村庄，我终于明白你当年为何执意离开，这一刻我才真切体会到你的感受，那些自己所曾经执着过的一切果真是如此的渺小，不值得提起。

　　这的确是一段我年少时无法割舍的感情，带了青涩的味道和奋不顾身的勇敢，繁盛昌茂。就如同走在迷宫一样，左右徘徊没有定点，然后突然之间发现某一个地点的深处，居然有如此一段蜿蜒流转的心意存在。无论这代表什么，它都是在缓慢地渗出。

　　某一天我独自在一个寺庙里占卜，我跪在佛像前使劲摇晃着竹筒，然后掉出两根签，站在一旁的师父告诉我捡起离着自己最近的那一支。我将签给了师父，师父从对应的布口袋里拿出一张纸给我。我展开看，上面写着——

水漫兰吴路不通。云英阻隔在河东。

舟航也自吞声别。未卜何年再相逢。

我翻过签纸，背面红色的小楷写着：下下签。我问师父，这应该如何？师父看看我，拿过我的签纸在那红色字下面写下了两行字交给我，师父写的是——

年来尘事都忘却，只有清月挂梢头。

这几日小村镇这里大雨滂沱，整日整夜，无休无止，仿佛有一条走廊，百转千回，我在小旅馆里逗留，抬头能够看到外面阴沉的天空。有时候处在天地茫茫，一个人独处会显得彷徨和不知所措，那些呼啸而过的黑暗和白昼，仿佛就是我们难以面对的那些以后的周遭。

安泽，我与你并非是相隔了两个空间的人，但是我却无法找到你。

六月的季节已经是旅游的旺季，但是这里偏僻荒凉，依然没有多少人。这些在陌生地方留下味道的形形色色的人，如同起伏的潮水，翻涌而来又悄然而至。这夜我看到了你的容颜，你坐在暗处，淡淡的表情和微微沮丧的眼神，我看到你与我之间的距离仅仅一步之遥，可是却无法跨越，你抬起头轻轻叫我，扶桑，扶桑。

是这样的一个梦境。安泽。那夜我就是在你轻唤我的声音中醒来，听到了隔壁响动的声音。

也许在多年以后，我依然会记得那张和你相仿的脸，欲言又止的嘴角，细长绵延的眉梢，没有任何粉饰的脸庞。我怔怔地看着她打开门出来，然后回身将门轻轻关上。我脱口问她：你要去哪儿？

她显然刚才没有看到我，眼神有一瞬而过的惊讶，然后微微一笑，转身下楼。

旅馆有一个露天的厅堂，店主人摆了一些桌椅，有小而稠密的杂草从地板的缝隙中挣扎着长出，如果是白天，可以从这里看到大门外面走过的人和吐着舌头的小狗。这里沉寂空落，但是却秩序井然。

我下楼转过走廊，便看到这个女子已经背对着我坐在那里，我良久站在她的身后，安泽，我以为她就是你，对人有疏离，不愿意多说话，执意独自旅行，面容憔悴欲言又止。在我看来，是这样的美。

我走过去，她转过头看到我，一脸早知道是如此的表情。我说：你是扶桑？她看着我，然后笑着摇头，用手指指自己的嘴，又摇摇头。

02 安泽

扶桑，我多想和你去看广袤平原上的苍茫落日。

这是我二十三岁的最后一天，我在这个城市里已经停留了一年三个月十八天。当我低着头计算出这样的日子之后，我突然想起了你的脸。

扶桑，你现在过得好吗？那一次我给你写信，但是没有你的具体地址，只能匆匆在信封上写下了"××城市 扶桑收"，当我把信塞进邮简的时候，我突然在想，未来的某一天，你是不是也会将思念模糊地传递给我。

我离开的时候没有带多余的衣物，这个深北的城市到了黄昏就十分冷，我只能环抱紧胳膊快速走在街道上，有时候会停下来看着这个偌大的城市，想着离开你已经多少个日子。你是否也知道，这个世界原来也可以这么冷。路上有急匆匆行走的人，头发被风吹起，凌乱破碎地甩在身后，令我想起你裹风而上的姿态。我一直都明白，你之所以不肯与我一同离开，是因为你正在努力活得丰盛和自在。

我在这个城市里常常想着要离开，但是却因为很多事情耽搁。淹没在人群中，遇到过各种各样陌生的脸庞，于是我想，在某一天，我如果突然看到你站在了我的对面，我会有如何的表情。

扶桑，我在这个城市里的一家酒吧里做工，每天都有很多来自天南地北的人到这里喝点东西。我还天天上网，进了一个我们以前经常去的论坛，每天和许多不认识的人嬉笑怒骂。我期望着能够遇到你，可是你好像消失了踪迹。

这天下午我守着空旷的酒吧，就像一个女人突然之间有了深深的欲望，但是在一瞬间里就守了寡，一半是懊恼，一半是忐忑不安。我绕过长长的吧台去换了郭英男的《生命之歌》，手里拿着一本《朗读者》，所有的威士忌、白兰地、干红、各色啤酒都被砸在一起，稀里哗啦地涌在面前，冲出来的是混合的醉人气息。

音乐里是一些西方的乐器配了东方的曲调，听着不伦不类。书里那个可怜的女人也正在为了自己的生计而到处奔波，那个瘫痪的男人听着一本小说，那是别人正在读给他听，又有几个混混在伦敦的商场里买着廉价的商品，他们几个小子吃着法国的长面包，嘲笑着走过去的肥胖的女人。

咚咚咚。有人敲吧台，什么事儿啊，笑得这么开心。

我抬起头。扶桑，那一瞬间我还以为那是你。像是雾中突然朝我开过来的汽车，前灯打开，明亮刺眼。

那是个漂亮的女子。齐耳的短发，利落的装束，手腕上有叮叮当当的镯子，那双眼睛纯洁而干净，但是给人感觉懒洋洋的，如春天的午后。啊，正看书呢。感觉有意思。对不起。我站起来说。

什么书？好像是挺有意思的。

叫《朗读者》。

她若有所思地点了点头：是本哈德·施克林写的。我倒是读过那本书，感觉还不错。

是。我顺手收起书放在一边，想喝点什么？

咖啡，山士多。她没有看我，转过脸去看酒吧的陈设。她找了一个靠茶色的玻璃墙的位置坐下，把一袋水果放在空椅子上。

我从柜子里拿出已经磨好的咖啡，放在咖啡器里煮好给她端了过去。然后回到吧台，准备继续体验那个老头儿的小资生活和做作的阅读岁月。

喂。她扭过头大声说，能不能换个音乐来听。

　　我点点头，从 CD 架里抽出一盘 U2 的经典唱片塞进碟机。扶桑，那个时候我好像已经确认眼前这个女子就是你。我破天荒地在她对面坐下，又不知道和她说什么好，我好像对这个女人充满了好奇，又仿佛不能够进入她的领地。

　　她抬起头，饶有兴致地看着我说：你不是本地人吗？

　　我点点头，问她：你呢？

　　她喝了口咖啡，放下杯子抬起头幽幽地看着我，我？我来这里很久了，不想回到过去。

　　哦，是个有故事的人。

　　嗯，你也是。

　　扶桑，她可以轻描淡写地说我是一个隐匿了过去的人，说明她和我内心的某个地方有共通之处。我真的以为那就是你，因为只有和你在一起的时候，我才能够安心坐在你的对面跟你说话，听你告诉我其他的故事。

　　她把杯子里最后的咖啡喝完，然后拿出零钱放在桌子上，起身拿起她的那袋水果，对我说：谢谢你的咖啡。我得走了。

　　她走到门口，又停了下来，回过头说：我觉得你挺特别的。不过，你的咖啡豆是昨天磨的吧，口感不错，就是干了点，下次磨的时候记得加一点苏打水。

　　我点点头，此刻我下定决心，走上去问她：我叫安泽，你呢？是不是叫扶桑？

她眯起眼睛长时间看我，然后微微一笑，对我说：不，我不叫扶桑，我叫汐良。

03 扶桑

安泽，我在越南。

我在那个城镇待了将近半个月，给自己下了决心到这个地方。我是来寻找你的足迹，而且可能会遇到你。那些年少时与你汹涌的友谊纵然已经不再，但是我想依然可以守望你曾经踏过的土地。

这里犹如一片海水，其隐藏在深处的暗涌和潮汐自有章法，并且保留着空间和距离，让人去寻觅。

这是一个如你的国度，它的炎热，它的历史，它的忍耐。那些笑容清亮做事明确的男人女人们，那些光着脚在街上快速跑着牙齿洁白的孩子，那些留存下来具有殖民国家特点的建筑。都仿佛是一种诉说。安泽，你好像是这里出生成长的人，因为他们的眼神和你一模一样。

这次路线是从广西到西贡，然后一路沿着东海岸线走过芽庄、会安、顺化，最后到达河内。在河内停留了一些时日，然后回到广西，最后要去天空之城。

安泽，这是你曾经的足迹，如今我重蹈而来，为的是与你的再次遇见。

在这里更多的是没有言语，而是跟着生活在这里的人走过许多条街，看那些遗留下的建筑。颓败的、暗哑的、沧桑的房子。都是一种属于这个城市的印记，那些愤怒的隐忍，那些生存和死亡，仿佛都已经和这里没有了关系。它是一种渴望，代表着对生的渴望停留在了这里。而这些房子，也只能是一副空的躯壳，安静地停留在了时光中。

城市在清晨很早的时候就苏醒过来，我每天都是被街道上大声的叫卖声吵醒，然后跳下床光着脚拉开窗帘看外面，依然是肮脏的街道和大群的人，这里内心寂静，外表喧嚣。总是能够很快地安静下来，但是如果突然爆发出声音，那么便是一发不可收拾。

天气开始炎热，路上的人也多了起来。大部分是白色皮肤的鬼佬，他们背着高过头顶的旅行包，用薄薄的旅游指南遮住头顶的阳光，急匆匆地找到一家可以进食的饭店，中午的阳光是炽热的，烤得身上火辣辣地疼。租一辆轻便的自行车便可以安心地在城市里慢慢地浏览。有时候会在某个时间某个地方遇到同住一个旅馆的人。在陌生的地方遇到熟悉的人是多么奇妙的事情。我们不露声色，微微一笑擦身而过。

安静的时候总是在下午，街上开始慢慢没有了喧嚣的声音。许多出游一天的人，又逐渐回到了旅馆。看着那些独自来独自去的旅行者，他们肤色不同，但是脸上却有着同样欣喜而安宁的表情。晚餐很简单，店主知道我是中国人，特意让老板娘做了炒饭端了上来，我用越南语跟他说谢谢。他哈哈大笑，是一个豪爽开朗的人。

安泽，你曾经告诉我，这里的夜晚是暧昧的。因为这里的夜生活非常的丰富。走出旅馆就是大海，有许多的人在海边点燃篝火，大海变成了暗黑色，但是却异常的平静。一些本地人的酒吧也是非常受欢迎。在回廊上都站满了人，要一杯用海水做引子特制的红酒，看着海风把旅馆廊上的灯笼吹得摇曳不定，就会感觉一切仿佛在梦中。

一天就是这样很快地过去，不慌不忙。落日已经爬上了二楼暗红色的窗棂，洋洋洒洒地将时光沉淀出一幅颜色暗哑的油画。

在下龙的时候是我在越南第一次坐到船，看到许多茂密的植物和不知道名字的岛屿，那些岛屿或大或小，或林立或分散。都是一些植物和泥土长时间堆积而成的，仿佛并没有特别的意义。安泽，如果是你，你想做这其中的哪座岛屿？

长途的旅行，尤其是在这样炎热和贫穷的国家旅行，真的是一件考验耐力和毅力的事情。许多的问题都会接踵而来，最好的办法就是默默地接受，也有很多人因为喜欢这里而停留了下来，开了小店，做了生意。也可以这样度过一生。

安泽，我知晓你为何喜欢这里又迅速离去，因为你是一直走在路上的人。

很多人辛苦地打工、工作，就是为了等这么一天的到来，有了足够的金钱可以行走，然后寻找一个喜欢的地方永远地停留了下来。这些生活和意义虽然简单并且接近平庸，但是却安全而且一直温暖。我们的前提是安全而温暖。其内在的含义无从探询。这也不是我们能够控制得了的事实。

安泽，我在越南最深刻的印象还是那些建筑和人们脸上的表情。这些都代表了一座城市生存者的态度。如果你突兀地进入了它，会觉得不习惯，但是如果生活到一定的时候，那么，你也会变成那样。

安泽，我在河内停留几日后就要去天空之城。

04 安泽

我又一次离开，打点好行李，再次前往西藏。

扶桑，我第一次去西藏，应该是四年前的事情。第一次踏上这片土地，和我想象要踏上去的情况完全不一样，我几乎愿意永远留在这里，开一家小店，就这样过完自己的余生。但是那个时候我觉得还没有到可以停留的时候，这次我重新归来。

我坐在飞机上看着下面被云层覆盖住的四川盆地，其实什么都看不到。然后，就看到了一座高大的雪山冲进了云霄，我知道那肯定是海拔7556米的贡嘎山。从这里往西，整个地形高高地抬起，高于云层之上，千山万壑。如此多和如此辽阔的高山地域让我的心境仿佛也高远了起来。

飞机最后停在了拉萨贡嘎机场，三千多米的高度，对于一直生活在海拔几百米的我来说，就算是已经生活在天上了。

我置身于瓦蓝的天空下，仿佛有在天上人间的感觉。这里的蓝天像是镜子歪歪地挂在宇宙中，遮挡住了我的视线。有着苍凉而寂寥的美丽。那种蓝色既深邃又灿烂，从我的皮肤穿过去，仿佛肉体是一个透明的气囊。空气非常的清新，而且凛冽，有一种奇怪的味道，绝对不是城市里的那种混合污染气味。

上了汽车在前往拉萨城区的路上，我依然是感叹这里的美丽，仿佛是遇到了一位久未谋面的好友，充满了亲切和熟悉。在那褐黄色的大地上，仿佛全世界的阳光和黄色山地都沉淀在了这里，厚重踏实。

阳光灿烂，不是那种温温的、水水的，而是最直接、最明媚的。它照在身上热乎乎的，抬起头看着这样的太阳都要眯着眼睛。路途中，有一座建在半山上的寺庙，碧蓝的天，黄色的山，白色的寺庙，风中飞舞的彩色经幡，美丽而神秘。

我在临走的时候，买过一本书，叫作《藏传佛教》，其实讲的就是西藏的历史，宗教的内容并不多，也看不太懂。我知道了宁玛派、萨加派、噶当派、噶举派，也知道了宗喀巴大师的宗教改革与格鲁派的发展，以及最有名的黄教六大寺——甘丹寺、哲蚌寺、色拉寺、扎什伦布寺、塔尔寺和拉卜楞寺。真的是深奥难懂，而我也仅仅是看了个皮毛而已。

扶桑，以前在拉萨印象最深的还是布达拉宫。可能去过拉萨 的人都是这样的，想要好好地描述它或者是叙述它都是一件非常困难的事情。单不说我只去过几次，就是去过几十次，也同样可能有失语症的困惑。那是如此巨大的一个迷宫，那是如此磅礴的气势。当你一走近它，你就会发现，自己是多么的渺小，自己身上发生的事情原来都如此可笑。

扶桑，在这里，我几乎忘却我自己的存在，但是你在我的脑海里却逐渐清晰。

一间连着一间的殿堂，一层重叠一层的房屋，石头重叠石头，巨木连着巨木。

那些大堂中的无数的立柱，立柱上的回廊，回廊四周的密室，密室中的楼梯，楼梯中的甬道，甬道上的壁画，壁画上的人物，人物中的故事，故事中的历史。说不清，道不明。那些八宝像的重重门帘，门框上的彩绘，勾金的流动的线条，千万幅巨大的唐卡，用无数珍宝制造的释迦牟尼佛像，还有经文的殿堂。

我从来没有过这样的震撼与感动，那些蹒跚着脚步留在这青石块上的凹痕，苍老的手一颗一颗地数着佛珠，温柔的声音如潮水冲洗着我的全部，在每一盏酥油灯里加一小块的酥油，在每一个佛像前放上一些钱，还有那些无数的膜拜者，他们在广场上对着这样神圣而浩瀚的神明之地参做大礼膜拜。都是对这样神圣地方的崇敬和畏惧。

我也是如此。我几乎看呆了，看傻了。如果不注意就会遗漏掉什么东西，我足足看了三天才将这样的宫殿看完，然后花了很多的时间来读它皮毛的历史和过程。

就在这个时候我在想，我不要回去了。我要永远停留在这里，我要停留在离神明最近的地方。

扶桑，我愿意永远停留在这里，直到我完全明白这里对于自己的意义。那晚在偏远的南方小镇，台风过境暴雨倾盆，我坐在一辆盘山的大客车上，浑身潮湿，客车慢慢盘旋山路而上，另一侧就是深邃的悬崖，我的脸贴着玻璃窗看着风雨肆虐的夜晚和幽深漆黑的峡谷，突然不知道自己究竟在做什么，一时间有了从未有过的恐慌和迷茫，眼泪不可抑制地流了下来。

现在我明白，就连神明都没有办法拯救自己。

扶桑，我愿意永远停留在这里。

我站在广场上，仰头看着布达拉宫雄伟的砖墙。然后听到身后一声怯怯的叫声：安泽？

我扭过头，微笑地对你说：你来了，扶桑，我一直在等你。

05 扶桑和安泽

我其实想变得更加清晰起来，

然后裂出一道山谷之痕，画出半抹流光之溢。

是夜的回溯，挺过那足以淹没的呼吸，在世间逆流而上。

影子斑驳烙印在记忆之上，

思念总会在某天卷土重来。

击倒烦琐的尘事，忘却昨夜的纠葛。

茫茫雾气笼罩她，来路似乎永无安宁。

是否可以

从这山中盘旋而出，然后看看那朝日淡淡的红。

雨夜出租车

01 By 午歌

多年之后，我还能清晰地记起，我做出租车司机时，在那个暴雨夜发生的故事。

那时候我已大学毕业，由于和大学读书时的女朋友刚刚分手，情绪很低落，加上工作也确实不好找，索性我就每天赖在家里啃老。我的小舅经营着一家出租车公司，他看我整天吊儿郎当的样子，就说服我去考了驾照，然后我就到他的公司报到上班了。

当然我只上夜班，这样我整个白天就可以名正言顺地赖在家里的床上呼呼大睡，不必看父母或亲戚的脸色行事。到了晚上，又可以开着车四处兜风，听着电台里的音乐，还能不时接到一两个活儿，赚点小钱花花——没有比开晚班出租更能让一个刚失恋，又很颓废的大学毕业生快乐的事了。

那年七月，有天晚上下了很大的雨，把北京燥热不堪的夏日，浇了个措手不及。在路上行车时，雨刮器调到最大，都看不清眼前的路面，我索性把车开到机场高架下面，熄灭马达，打开车窗。雨水从高架桥面两边冲下来，"哗哗哗"的声音——好像我钻进了水帘洞一般。地下一会儿便积起一层雨水，雨点砸在水面上，顿时激起一层水泡，水泡打着旋旋转起来，夜灯反射在水泡上面，色彩斑斓的样子，真是美极了。

过了一会儿，母亲打来电话叮嘱我说："这么大的雨，不行就回家吧！在外面开车太危险了！"

我回答说："不要紧，上班要有上班的样子！"

说完我果断挂了电话。天气渐渐凉爽下来，大雨还是一点不见收敛的样子。我放平了座椅靠背，在电台悠扬的音乐声里，缓缓地点上一支烟，睡意悄悄地爬上来，迷蒙中我竟进入了梦乡。

大约十二点钟，我被轰隆隆的雷声惊醒。我睁开眼睑，恍然间发现有个拎着皮包的男人站在我的面前。

"小师傅，你好！"那男人西装革履，笑起来彬彬有礼的样子，一下就打断了我关于他是个坏人的各种想象。

"哦，你好！"

"我正犹豫着要不要叫醒您呢，结果一道闪电划过，您就醒了！"

"您要打车吗？"

"是啊！走吗？"

"走！有钱为嘛不挣呢？"我懒洋洋地伸伸胳膊，摇起座位，关上车窗，打开空调。男人跳上了车，系好了安全带，对着遮光板上的镜子，整了整衣领和领带，清清嗓子说："去后海的涅槃酒吧！"

我一脚油门，车子冲了起来，穿出水帘洞，直奔大雨的夜色中。

"晚上下的飞机，打不到车子，很多旅客滞留在机场了，我撑着伞走出一公里，想碰碰运气，结果幸运地就遇到了你！"领带男说道。

"我、我、我是想休息一会儿，晚上接的客人太多了……"

"嗯，我也是怕打扰你休息呢，就在我犹豫是叫醒你，还是继续沿着高架桥走下去的时候，一道闪电划出，你竟自己醒了过来，我真是个幸运的人！"男人说着，又送上了真诚的微笑。

这么晚了，不去酒店，直接去酒吧玩，这位先生真是一个与众不同的人，我暗自揣度。

"您到酒吧是去见朋友吧？"我装作漫不经心地问道。

"是啊！是很重要的朋友呢！"领带男点点头说。

"好，那我尽量开快一点，别耽误您的事情。"

"其实也不是很着急，我们定好两点钟见面的，你可以慢慢开啦！"

真是个奇怪的人——现在开过去，一点钟之前肯定可以赶到。干吗还要冒着大雨，从机场跑出来自己找出租车呢？

"小师傅，你知道哪里可以买到鲜花吗？"领带男忽然问道。

"鲜花？这个时候？"我吃惊地说。

"嗯，是啊，我看时间还早，你知道哪里有午夜还营业的花店吗？"领带男继续说道。

"这个时间，也只有医院旁边的花店才会营业吧？"我附和了一句，在十字路口掉转了车头，向附近一家医院驶去。

"您要买什么？"花店的店员显然对我们的到来感到十分惊诧。

"嗯，您好，郁金香有吗？"领带男很有礼貌地问道。

"有的！"店员拉开保鲜柜，拿出一大束黄色的郁金香。

领带走上前去，挑出肥嫩娇艳的几支，让店员用牛皮纸打包好，转而又问道：

"还有没有其他的颜色了？"

"没有啦！要不你选几支玫瑰？"

"我只想买郁金香。"

"那真没有了。"

店员一边打着哈欠，一边把零钱递到他的手里。

"那么，我们再去一家好不好？等待计时的费用，都结算给我好啦。"上车后，领带男试探着向我问道。

"好，没问题！"

事情到了这个分上，我已经被强烈的好奇心牵引，忍不住要看看接下来会发生什么事。

于是我继续开足马力，车子在雨夜的黑暗中飞驰。我载着领带男向前开了一段，看到一家很大的花店，伙计正准备锁门打烊。

领带男跳下车，穿过雨帘，跑过去跟伙计说了几句，那伙计缓缓地打开了店门，我停好了车子，也随他们一起走进店里。

"都在这里了！"花店伙计捧起两大束郁金香。

"哈哈！太好了，我选几只红色的。"领带男的脸上划过一丝孩子般的天真的微笑。

重新跳上车，两大束郁金香被领带男捧在了怀里，他深深地嗅了一下，好像要把这花香全部吸进肚里似的。

"那么接下来要去哪里？"

"好啦，礼物已经买好啦！"领带男的脸上挂着满意的笑容说道，"去涅槃酒吧，现在这个时间刚刚好！"

我重新发动了车子，实在难以抑制心中的好奇心，禁不住向领带男问道："您是去见女朋友吧？"

02 by 吴松张

领带男并没有立刻回答我的问题，而是从口袋里掏出香烟盒，问我车里能不能抽烟。

我本想说，车里不能抽烟的，但想想还是算了，相较于听他的故事，让他抽根烟真算不了什么。

雨渐渐停下来，雨后的北京城像被洗过一般清新可人，有种绿箭口香糖的味道。

领带男慢悠悠地抽完一支烟，等吐完最后一口烟云，他转过头对我说："小兄弟，被你猜中了，我的确是去见一个女人，但是她现在算不算是我的女朋友，我也不知道。"

我听他说话奇怪，好奇心更盛，问道："您这话挺矛盾的，是不是女朋友您自己怎么会不知道呢？"

领带男苦涩地笑道："这事说来话长，反正以后咱们也难见面，不怕你笑话，就说给你听听吧。"

"十年前，我好不容易从农村考进了大学，可能是因为出身的关系，我读书一直很努力，就连进入大学之后也不敢懈怠。你也知道大学里面认真读书的人并不多，只要稍微用点功，每个学期的奖学金是没有问题的。但这对于我来说远远不够，我还有学费和生活费的压力。所以我把目标放得更长远。学校每年会有优秀大学生的评比，因为这个奖项奖金丰厚，再加上每个年级只有一个名额，因此竞争也格外激烈。我当时就想只要拿到这个奖，每年的学费、生活费也不用发愁了。我本身成绩就好，平时表现也挺突出，家境也贫寒，别笑话，家境贫寒在学校的各种奖项评比中是加分的，拿这个奖应该是十拿九稳的吧。说实话，当时我确实是信心满满的。可没想到，第一年就栽了跟头。"

汽车碾过一处洼地，溅起一摊积水。

"这个奖被你今晚要见的女主角拿到了？"我一边掌控着路况，一边说出了自己的猜测。

"是的。当年拿到优秀大学生的确实是她，而且她一拿就是四年。但这对我已经没有影响了，在大二一开学，我们就走到一起……当时她说想和我在一起的时候，我也很惊讶。因为在这之前我们没有过交集，甚至没有说过一句话，我从没想过在大学会谈一场恋爱。我原本以为我们俩在一起会引起轰动，结果我高估了自己。不仅没有轰动，反倒在外人看来，我们在一起好像是再正常不过。原因可能是我们都是学霸，而且穷得也很门当户对，我们理应在一起。但只有我和她知道，我们能走到一起只是因为——1+1 < 2。"

"1+1 < 2？"

"两个人在一起的消费成本是小于两个个体之和的。"

领带男又抽出一支烟，这次没有点上，而是放在鼻下吸着可卡因的味道，过了一会儿重新塞进烟盒里。

"这么说，你们俩之间是没有感情的，就为了省钱才在一起的？"我不禁诧异地问。

领带男尴尬地笑了笑，然后松了松领带："也许最开始的打算是这样的吧，但是三年下来，谁又能担保不动真感情呢？"

"那谁先动感情？"

"是我吧。"领带男一脸惆怅，"大四那年，虽然有几所大学给了我保研的机会，但是我知道我没有钱和时间去读，所以就放弃了。当我问她的打算，她说她在权衡哪所大学的研究生更好。我心想也好，她本来读书就比我好，继续深造前途更大，到时候我工作赚钱供她，她也能安心读书。可我话一说出口，她却冷冷地来了一句——我们分手吧。"

"毕业说分手！女人有时候比男人干脆多了。"我想到了前女友，冷笑道，"你们就这样分了，之后呢？"

"我也是个骄傲的人。说分手就分手吧，当初在一起也不过是为了省钱，现在毕业了也没必要再绑在一起。其实心如刀绞，几个月都没缓过来，我才知道我是动了真情。原来我理所当然地把她当成我未来规划的一部分，结果不过是痴心妄想。"

领带男双手擦拭眼眶，我余光所及应该有泪水飘过，空气中飘散着淡淡的咸味。

"那她就去读了研究生吗？"我问。

"没有。"

"没有？"

领带男对着镜子整了整仪容，漫不经心地说："她一毕业就嫁给了一个富商，做了全职主妇。"

"真是个悲伤的故事。"我感慨道。

"悲伤吗？我看不见得吧。你没发现我现在又去见她了吗？而且是在凌晨2点。"领带男说着又重新系好了领带，嘴角却挂上了狡黠的笑，"前几天她打电话，她说她丈夫三个月前去世了，问我有没有时间，想约我见一面。我毫不犹豫就答应了，能和老情人见面总是让人兴奋的。"

一瞬之间，领带男像是换了另外一副面孔，身上散发出戾气。而且我察觉到他无名指上的婚戒不知道什么时候已经被他偷偷摘下。

说话间，汽车已经到达了目的地——涅槃酒吧。

涅槃酒吧顶上的霓虹灯招牌闪烁着，活像只涂满口红的大嘴妖怪，不断有男男女女醉醺醺地从它肥硕的肚子里进进出出。

"时间刚刚好。"领带男付了车费，看着手表半开玩笑地对我说，"谢谢你，小兄弟，再见啦，希望不要把我的糗事对你们那些出租车兄弟讲喔。"

我咧着嘴，笑了笑。有话要说，却没有说出口。

领带男拉开车门跳下车，迅速地钻进妖精的大肚子里。看着领带男消失的背影，我总觉得有些不太对劲，好像少了点什么。我正准备发车，却看见两大束艳红的郁金香正安静地躺在后车座上。

此时凌晨 2 点的钟声响起，我只好停好车，抄起两束郁金香尾随着领带男冲进了涅槃酒吧。

03 by 这么远那么近

雨越下越大了，从酒吧出来到车里的短短几十米，浑身上下已经基本湿透，我坐在车里拿着纸巾擦着湿答答的头发，想起刚才在酒吧看到的那一幕，突然间笑出了声音，这个世界，真是无奇不有。

在酒吧的那一幕里，领带男揪着女生的衣服，表情龇牙咧嘴，女生倔强的眼睛在昏暗的灯光下依然那么清晰。我走过去，领带男随即松开了手，女生把脸扭向了一边，我把花轻轻放在桌子上，领带男看了我一眼，没有说话。

我打开收音机，刺啦刺啦的声音在雨夜中也不显得那么刺耳，调到交通台在放老歌，我把音量调大，然后闭上了眼睛。

歌里唱：为什么道别离，又说什么在一起。如今虽然没有你，我还是我自己，说什么此情永不渝，说什么我爱你，如今依然没有你，我还是我自己。

老歌听来依然别有一番味道，我正沉浸其中，突然有人猛烈地敲玻璃窗，我连忙开锁，后门拉开上来一个姑娘，怀里抱着两束红色的郁金香。她兴冲冲地说，师傅，去四惠，快点，快点！

我认出那是在酒吧里和领带男见面的女生，她的发梢滴着水，脸上说不清楚是泪水还是雨水，湿漉漉一片。我递给她纸巾，她低低说了声谢谢，然后就默默抽泣了起来。

前面的路看不太清楚，雨刷几乎失去了作用，我打开了车的双闪，小心翼翼地开车，偶尔从后视镜里看那女生，她始终低着头，仿佛睡着了一般安静。我思量了一下，轻声说，姑娘，你没事吧？

女生摇摇头，没事，我就是有点累。我微微一笑，见到心爱的人怎么会累啊？她抬起头看我，你怎么知道？我耸耸肩，巧了，酒吧里你对面的男生就是我送来的。我抬手朝着后面一指，我还拉着他四处找花店买花，结果他还忘在了后座，是我送进去的啊。

女生"哦"了一声，你真是好人。顿了顿，她问我，那他都跟你说什么了吗？我叹了口气，其实他也没多说什么……

女生听完我的讲述，冷冷地笑了，这么多年，他真是一点儿都没变，他真的是要折磨死我。我微微有些吃惊，怎么了？我从后视镜里看她，她的脸扭向窗边，外面的光洒在她依然湿漉漉的脸上，表情平静得有些吓人。

车子上了三环，雨丝毫没有停的迹象，广播里继续播放着老歌，女生重重叹了口气，终于打开了话匣子，他说得没错，我们都很穷，穷到不知道每天该做什么，只能拼命学习。那时我们都是学校的优秀学生，但是他太自卑了，他的自卑源于从小的环境，也源于外界的压力，我和他在一起，完全没有自我。

我偷偷看了她一眼，他说是你要在一起的。女生点点头，是的，我说的。我又问，他说你不爱他，只是 1+1 < 2 的筹码。她又点点头，我确实是那么说的。

我放低了声音，他说毕业后是你说的分手，说你嫁给了富豪，成了阔太太，就不要他了，他说你根本不爱他。女生突然提高了音阶，他胡说！

我吓得一哆嗦，方向盘没有抓稳，车子晃悠了一下又被我赶紧扭了回来。女生开始号啕大哭，我手忙脚乱给她找纸巾，良久，她平静了下来，低低呢喃地说，他还是那个样子，他一点儿都没有变。

她说，他很优秀，优秀到让人嫉妒，但是他太敏感，敏感到一点儿小事都能提升到人生的高度。我和他在一起，每天小心翼翼，要说之前是因为两个人节约生活成本，后来才发现，其实是他的成本提升了，而我却只得到了一个零。

我微微想了一下，我不太明白。女生解释道，我们在一起，他要买衣服买书买资料，我都答应，可我想买什么，他总说我不会生活。后来我就不再提，自己去拼命做兼职。这些都是小事，关键是和他在一起，我没有了自己，我迷失了方向。

我点点头，这确实不是好事，那你怎么不找他谈谈？女生用手托住脸继续看着窗外，谈过，他埋怨我不尊重他，不明白他，不知道爱情中的忍让和包容。可是他却什么都没做到，最后闹到了不可开交。

我试探地问，所以你说了分手？女生微微笑了，怎么可能？我那么爱他，哪怕他真的对我不好，我依然爱他。是他说的分手，我们都在准备考研究生，忙到焦头烂额，他突然就提出了分手，他说毕业季就是分手季，没什么在一起的可能性了。我死活挽留不了，也只能答应他了，后来我才知道……

我大概能想到事情的发展趋向了，我问，他找了一个富婆？女生点点头，狗血吧，这也是我后来知道的。他考研失败，顺理成章去了外地工作生活，他后来承认，这一切都是早就谋划好的，他早就想好分手，早就想好要跟了那个女人，他说只要跟了她，可以少奋斗很多年，他甚至劝我也找个富豪。

我听得匪夷所思，真是个渣男啊。女生不置可否，继续说，结果没过多久，那个女人去世了，他没有争到什么遗产，就又想到了我，可我怎么又能和他在一起，他就三番五次骚扰我，编造了一堆谎言污蔑我，我唯恐躲之不及。后来他说，就今天再见一面，他就放了我。可是，我想错了……

夜晚总是这样静谧，雨水又是如此及时，它们像是这个世界里的清洁工，能洗刷掉一切的秘密，吐露隐藏多年的真实，我和女生几乎都在沉默，车拐上建国路，等红灯的时候我突然想起了什么，可是，我看他还戴着婚戒啊，虽然好像见你之前偷偷摘下了。

女生冷笑了一声，他以为这样子的伪装就可以骗得了所有人，可能大家都觉得我是忘恩负义的人，但实际上，他的这一切，已经是咎由自取。

车最终停在了四惠地铁站前，姑娘塞给我一堆钱，匆匆说了句不用找了，就开车门冲了出去。我刚想喊她，扭头就看到那两束黄色和红色的郁金香又被遗忘在了后座上。

我想起之前女生告诉我，每种花都有花语。红色的郁金香代表爱的表白，黄色代表纯洁的爱。女生轻轻抚摸着花朵，师傅，你说这算是纯洁的爱吗？现在看到这些我曾经最爱的花，只觉得讽刺和恶心。

想来，女生是故意把花丢弃在这里，我探过身去把花抱起，轻轻擦拭花朵上的雨水，这时听到广播里传出的声音——

今早凌晨 2 点，在后海的涅槃酒吧刚刚发生一起命案，受害者性别男，凶器为酒吧内水果刀，公安机关已经到达现场进行勘察，由于酒吧内的监控设备之前已损害，请知情的市民朋友速和本台及公安机关取得联系。

我愣愣地看着鲜艳的郁金香，一时间觉得这个世界没有我想的那么纯粹，也没有那么简单，我怀疑自己被卷入了一场可能刚刚开始的风波之中，我成了他们的棋子。但在城市生活的千百种人，我没有真正了解过一分一毫，他们冲进了这场大雨里，消失在浓重的夜色中。

每个人都是过客，每个人也都匆匆，所谓的别离，所谓的在一起，不过一场梦，不过一场游戏。

后来，我把这两束花晒干，把花瓣放进透明的罐子里摆在车上，如果遇到了一些恋爱中或失恋的客人，我会给他们讲一个故事，一个在雨夜里发生的与爱有关的故事。

那些客人会好奇地问我，那这两个人说的谁真谁假，男生真的死了？女生最后抓到了吗？我都会淡淡地笑一下，真真假假，是是非非，谁又说得清楚呢。

如果真的想知道，那就是另外一个故事了……

含泪活着

01

开篇先问你一个问题，为了家人，为了更好的生活，你愿意背井离乡去千里之外十几年如一日地打拼吗？

这个问题不好回答？那换一个通俗些的吧，如果在异乡有钱赚，你愿意牺牲陪伴家人的时光吗？

同样的问题我曾经问过一个前辈，他说，这要分阶段考虑，年轻时、有了家庭时、有了孩子时，不同的阶段答案各不相同。

而今天，一位已经六十岁的男人，用自己曾经十五年的时光告诉你，他愿意，并且做到了。他用自己的经历告诉你，尽管人生多苦难，也要含泪活下去。

这个人，名叫丁尚彪。

02

1996 年，时年四十岁的老丁，第一次谈起自己的异乡故事，他说：最早来到日本就是想上大学，想读书，抱着这种信心。

让我们把时间拨回到 1970 年，中国开始经历长达十年的动荡时期，那是一个特殊的年代，政府打出了"向贫下中农学习"的口号，无数心怀热血和理想的年轻人，前往中国的农村进行再教育。而正是因为这样长达十年的局面，被迫改变了整整 1600 万中国人的命运。

我在查找资料时，找到了当时的理论基础，也就是所谓的"知识青年若要革命化，就必须与农民相结合"理论。但实际上，年轻人想读书而无书可读，就在田地里度过了青春。对于回乡和到农村生产队插队的知识青年来说，到农村后，最感困惑和最难以接受的，往往就是这一点。几乎所有人都问过这样一个问题：让我们向农民学习什么？

丁尚彪就是其中的一员，1954 年出生于上海的老丁当年只有十六岁，就跟随这股浪潮被下放到了安徽省五河县，当时那是中国最贫困的农村，贫瘠的土地几乎颗粒无收，当地人几乎过着如乞丐般的贫苦生活，老丁就在这样的环境里，每日做十个小时的农活，但依然饥寒交迫。

后来老丁在回忆动荡后初回上海的日子时这样说道，他们这批人没有念过什么书，插队了那么多年，好不容易回到家乡，几乎身无分文，年龄也大了，技术也没有，一直都在社会的底层生活。何去何从，成了当时年轻的丁尚彪最困惑的事情。

　　而就在老丁处于迷茫的时候，他已经出国的朋友写信告诉他日本很好，可以边打工边读书，也可以赚钱养家。老丁心动了，一个偶然的机会，他花了五毛钱买了一张北海道飞鸟学院的资料，那是一所语言学校在招生，而正是这样一份五毛钱买来的薄薄一张纸，又一次改变了老丁的命运。

　　他下定决心要前往日本，他要读书。可语言学校的学费是42万日元，按照现在的汇率需要两万五千元，而对80年代末期一个普通家庭来说，这更是一笔大数目，相当于夫妻俩要辛苦工作十五年才能赚到的一笔巨款。高昂的学费让本就一贫如洗的家庭陷入了深深的困境，反复思量之后，老丁决定去借钱。

　　兄弟、亲戚、朋友，为了凑足学费，老丁四处奔走。老丁说，当时想考大学也不让考，未来真的是一片黑暗。想在日本建立起新的人生出发点，他打算读完日本的语言学校，再读日本的大学，将来，把自己的妻子和女儿都接到日本生活。他就像是一个先驱者，单枪匹马奔赴他乡。

　　1989年6月12日，当时三十五岁负债累累的老丁，满怀着对读书的希望，终于从上海来到日本。然而，谁也没有料到，此后的十五年，他一次都没有回去过。

03

北海道，阿寒町。这个不被国人所熟悉的地方，是老丁来到日本的起点。

我在百度百科里找到了这个地方的介绍：阿寒町为过去位于北海道钏路支厅中部的行政区，以阿寒湖和毬藻闻名。19 世纪 50 年代曾经因开采煤矿而繁荣，但在停止开采后即没落。19 世纪 90 年代后以奶酪畜牧业、畜牧业及阿寒湖周边的旅游业为主。

在各种官方资料里，也从未提起这里曾经有过一个名为"飞鸟学院阿寒分校"的语言学校，而老丁和其他五十六名中国人，确实是这个学校的第一期学员。

学校位于阿寒町荒无人烟的山坳里，现在很多日本的孩子都不知道。一到冬天，约有半年的时间，严寒封路，大雪封山。阿寒町有日本屈指可数的煤矿，曾经有 3000 余名矿工在这里工作和生活，而在 20 世纪 70 年代，随着煤矿的关闭和人口的迁徙，镇子渐渐没落，但日本政府却把语言学校建在这里，正是要弥补这里的人丁不足。

阿寒町把一所濒临废弃的中学校舍提供给语言学校做教室，又收购了当时矿工的房屋为中国学生提供住宿，就这么几排简易的平房和艰苦的条件，承载了近六十位中国人的日本求学梦，也让当时满怀希望的老丁第一次感到些许的失望。

学校的老校长村井广彦介绍说，中国当时的情况，虽说我不太清楚，

年拼命打工还钱，也没有钱。这么多年，他都是一人独居在这不足十平方米的小屋里，反正也只是一个睡觉的地方。

洗澡设施是丁尚彪特制的，一个澡盆大小的塑料袋，花洒就是小厨房洗碗用的热水喷头。洗澡时，人必须站在塑料袋里，踩在一个脸盆里，这样水不会流到地上或洒出来。他自己介绍得有点得意，但是十五年都是用这样的方式洗澡，想来让人心酸。

在老丁屋子的墙上挂着一幅照片，是女儿小学四年级时照的，老丁在离开中国时特意带着。回家后看女儿的照片，是丁尚彪最幸福的时刻。老丁非常坚强，谈起自己的辛苦从来都是轻描淡写，仿佛在说别人的事情，而当谈起家庭，谈起自己的女儿，耿直的他还未说话，便像个孩子似的哭了。

由于非法滞留的身份，老丁从未回过中国，如果回去，就会被禁止再次回到日本。他每天都提心吊胆、战战兢兢，怕自己的黑户口被暴露，然后被立即强制遣返。他就这样孤身一人，在东京过着旁人无法想象的辛苦又心酸的生活。

老丁说，也不是过什么日子，到市场去买菜，就挑那些剩下的便宜的去买，有时也吃自己打工餐厅剩下的饭菜。把赚来的钱都寄回家，也没有什么觉得累的，为了女儿，为了家庭，拼点命嘛。

老丁在最后不好意思地告诉我们：穷惯了，钱放在口袋里都不知道怎么去用。

05

上海，中国金融中心，中国第一大城市，中国最大经济区长三角经济圈的核心，它和其他国际化大都市一样，有着光鲜亮丽的外表，也有辛酸悲伤的故事，它承载了许多中国人的淘金梦，而有人，也和老丁一样，因为自己的梦，义无反顾离开了这里。

老丁的妻子陈忻星和女儿丁琳，就生活在这座欲望之城里。她们住在上海的杨浦区，那是老上海人群居的地方，也是平民区，它隐藏在已经开始飞速发展的城市背后，无数交错的弄堂和狭窄的马路，依然是很多人印象中的样子，多少年不曾改变。

她们的家是一栋七十年前建造的老房子，现在应该是价值不菲的小别墅洋楼，在当年却无人问津，一楼是公共卫生间和公共厨房，几十户住户挤在一起上厕所和做饭。陈阿姨和丁琳的生活几乎和老丁的生活没有太大区别，同样是十几平方米的单间，几十年不换的家当，老旧的空调扇，断了腿的桌子，还有母女俩同睡的一张旧床。

1997年2月，陈阿姨和丁琳看到了老丁在日本工作时的影像，那是她们时隔八年第一次看到自己的亲人，终于多年的思念和猜忌化作眼泪汹涌而出。老丁离开时女儿丁琳只是上小学的年纪，她不能理解为何父亲要离开自己，更不能理解自己这些年没有父爱的日子，但是当她看到父亲在日本的影像，第一次她哭得不能自已。

丁琳擦着止不住的眼泪哽咽地说，爸爸在那边这么苦，而且他为我想了这么多，我觉得我很对不起他，现在才知道他都是为了我好。

丁琳有一盘珍贵的录音带，那是曾经她过生日时，远在东京的老丁向电台点播的一首歌和一封信。信里是这样写的：爸爸离开你已经有八个年头了，真是弹指一挥间，当年只是小学生的黄毛丫头，现在已是复旦大学附中的毕业生。丁琳，爸爸的好女儿，虽然我不能坐在你旁边给予你直接的指导和关怀，但是，当你坐在课堂上昏昏欲睡的时候，当你听课思想不集中的时候，当你复习功课疲倦的时候，请你在心中听一遍爸爸在遥远的东京给你点播的歌曲，我想，这首歌会给你温暖，给你力量，给你父爱，将鼓起你战胜困难的勇气和信心，努力吧，向着自己的目标前进。

老丁给丁琳点播的是一首老歌，苏芮的《牵手》。

1997年丁琳已经是复旦大学附属高中的一名高三的学生，她每天的努力学习只有一个信念，去纽约的大学深造，这不仅是为了完成父亲的心愿，更是自己的志愿。所以，在那一年夏天高考中榜后，她和母亲高兴得语无伦次，而更为重要的是，前往纽约的飞机需要从东京中转，她可以在时隔八年之后，再次见到自己的父亲。

八年未见的父亲的身影；八年未见的丈夫的身影。这一次，因为丁琳的留学之路，算是有了一次微小的慰藉。从此遥远的梦想，有了一个新的开端。

女儿出发前往美国的前一夜，一向俭朴的陈阿姨特意带着丁琳到饭店吃饭为她钱行，点了满满当当一桌子的菜，丁琳说：以前晚上在托福上课，妈妈就是面条倒点酱油将就一顿饭，看病都是我催着才去，就不舍得用钱。听到女儿这样说，陈阿姨略微不好意思地笑了，我要是舍得用钱，侬的花费哪里得来？

一顿晚饭吃了许久，陈阿姨几乎没有动筷子，她所有的目光都聚集在丁琳的身上，她几乎是紧紧盯着女儿的一举一动，一想到明天女儿也要离自己而去，陈阿姨不禁潸然泪下。她说，老人讲究烧三炷香要一样齐才好，我烧香都是参差不齐，这下三个人真的都在三个地方了。

1997年8月29日，丁琳出发前往美国的纽约州立大学留学深造。在出发时，家里所有的亲戚都来送别，屋里站不下就站到院子里，丁琳哭成了泪人，她紧紧拉着外婆的手，外婆忍着眼泪告诉她：侬不要哭了，要坚强，去那么远的地方，更要坚强。

丁琳踏上了她十八岁的旅途，向着梦想出发，而作为原地留守的母亲陈阿姨，在送走了同样追梦的老丁之后，时隔八年，又亲自送走了女儿，在机场的时候，丁琳几乎是头也不回地进入安检口，陈阿姨在她身后放声大哭，八年前，同样在这个地方，送别丈夫，至今未逢。此刻，送别女儿，不知又该何日再见。

她也许想起了多年前送走丈夫的心痛，她也许想起了自己以后独自一人的孤独，她也许想起再难见女儿一面的无奈，她也许仅是为离别伤心，但无论怎样，陈阿姨因离别痛哭，又因眼泪得以释放。所有的亲人触景生情，纷纷落泪。

丁琳走了，怎么说呢，这仿佛是生离死别，有一种白发人送黑发人的感受吧！

　　因为爱着你的爱，因为梦着你的梦。所以悲伤着你的悲伤，幸福着你的幸福。

　　因为路过你的路，因为苦过你的苦。所以快乐着你的快乐，追逐着你的追逐。

06

　　丁琳乘坐的飞机先到东京中转，再飞往纽约，从小学时代就分开的父亲，八年后，终于能在东京和他重逢，虽然只有短短二十四个小时，却已经是非常难得和珍贵。

　　因为老丁非法滞留的身份，他们只能在机场快线的日暮里站台见面，刚刚满十八岁的丁琳，第一次踏上了国外的土地，这也是父亲停留的地方——日本。

　　父女俩多年后的首次见面没有想象中那样的激动，当老丁看到刚下快轨的女儿时，只是笑着打了声招呼，仿佛是接他刚刚下班的女儿，丁琳也只是表现轻快地叫了一声爸爸，他们这样子的举动倒是比见惯了那些煽情场面来得更为真切和自然。老丁只是说：好久不见，差一点儿就认不出来了。

　　八年未见，当时只是小学生的丁琳现在已经是十八岁的大姑娘，多年产生的父女间隙此刻表露了出来，在站台上，老丁在随意找着话题——

你个子好高，是鞋跟高啊，你比妈妈还高吧，你有白头发了，你该减减肥了，你是不是做了双眼皮。而丁琳却显得有些不太自然，只是微笑着玩儿着手里的票根，低着头默不作声。

虽然多年未见产生了彼此的生疏，但是老丁的眼睛却一刻都没有离开自己的女儿，就好像在离别时陈阿姨那样，他用饱含温情的目光一遍遍抚摸着自己的孩子，虽然可能心里都有些紧张，但是在这样重逢的时刻，陪伴已是奢侈，其他也就不再重要。

老丁首先带丁琳去了他打工的餐厅，所有的员工都有点吃惊，原来老丁真的有一个女儿，而且已经是美国名校的大学生了。当他们知道老丁和女儿八年没有见面时更加震惊，这对于他们来说是不可思议的事情，他们反复确认着，已经八年没有见面了吗？

穿过大街，沿着铁路走，就来到了老丁住的木板屋，老丁用上海话说，住的地方好小的，老土老土啊。我走的时候孩子还老小啊，临走的时候隔着那个上海机场的玻璃窗，捂着脸在那儿哭，你还记得吗？丁琳脸红地说，记得一点点。老丁也笑了。丁琳拿出了陈阿姨给老丁带的药，牛黄解毒片和头孢。多年不见，父女俩相视无言良久，唯有老丁的眼睛一刻也没有离开自己的女儿。

第二天丁琳就要飞往纽约开始她的求学之路，因为老丁的非法滞留身份，他无法进入需要出示身份证件确认的成田机场，只能在机场的前一站下车。父女俩各自怀着心事却都没有表露出来，他们看着窗外飞驰的景色，他们研究着机场快轨的站点，而当分别临近时，老丁终于按捺不住地流泪了。

丁琳问他，爸爸你哭了？还没有等到回答，她也流下了眼泪。车厢内广播已经响起，车速逐渐缓慢，真正离别的时刻到了，老丁在第一时间冲出了列车，站在月台上远远望着自己的女儿。丁琳和当时离开母亲一样，始终没有回过头看一眼自己的父亲，她只是在不停地流泪，捂着嘴忍住不发出声音地哭。

列车驶出了月台，老丁久久没有离去，眼里的泪花还没有擦干，前往机场的丁琳也不顾车厢内其他人的注视，大声哭了起来。此时此刻，分别的愁绪已经替代了重逢的激动，而下一次见面，又是何时？或许在离开母亲的时候，丁琳也是如此，留给陈阿姨一个坚强不回头的背影，把眼泪留给了自己。

在机场时，丁琳流着泪说：不管怎样他还是爸爸，而且他为我付出了这么多。我知道他从心里很爱我，虽然他表面上不说出来，但是我能感觉到。我跟他在一起的时候，不想表露出什么东西，免得他难过，我就让他觉得我很开心，见到他也无所谓，不然我很难过，他会比我更难过。

丁琳觉得他们不应该这样，不应该为她做出这么多牺牲。在日本停留期间，她曾经劝说过老丁，在美国的很多留学生都是一边打工一边读书，还可以拿奖学金，让父亲回中国吧。但老丁不肯，他说回去不习惯。但其实丁琳明白，父亲就是想多赚一点钱，不要让自己那么辛苦。

丁琳最后说：用实际行动报答他们，别的我也做不了什么，只能这样做。

07

老丁和陈阿姨相识于那段插队的日子，就在那样忍受着饥渴煎熬，让人痛哭和绝望的日子里，在那个没有电灯、煤气，甚至没有自来水的日子里，陈阿姨依然乐观，顽强地活着。而正是这种精神打动了老丁，后来他们结婚了。

如今在上海独身一人的陈阿姨也在拼命工作，她在一家老字号的成衣厂做工，每天需要非常认真地打板、缝线和裁制衣服，入厂至今，已经有二十个年头。这么多年，虽然老丁在外赚了不少钱都邮寄回家，但是陈阿姨却一分没花积攒起来为女儿留学做准备。亲戚们都劝她去买点好衣服，享受一下生活，可陈阿姨却说衣服嘛，够穿就好了。

为了探望远在美国的女儿，陈阿姨一直都在努力申请赴美的签证，但星条旗却不懂这样一位母亲的心，申请一次次失败。终于，在女儿离开后的第五年，也就是 2002 年的春天，在申请到第十二次的时候，美国大使馆终于同意了这位辛苦的母亲的申请。

和丁琳一样，陈阿姨也要在东京进行中转，最长可以停留七十二个小时，这就意味着在时隔了十三年之后，他们夫妻俩终于可以见面了，这也是唯一的机会。而此时，陈阿姨却异常平静地说：感觉很漫长，这十三年的时间是那么的长，天天在盼，盼着总有一天要团圆。

在出发的前一夜，陈阿姨来到了裁缝店，去拿她之前定做的衣服，十几年几乎没有新衣穿，这次出国，要做一身料子衣服，在出发的当天早晨，陈阿姨又去特意剪头发，她以一种格外郑重的方式，来面对这十三年之后的重逢。看着镜子里焕然一新的自己，陈阿姨满意地笑了。

而这个时候，远在东京的老丁也在紧张准备着，他拿出当年离开时带走的一个枕套，那是结婚时陈阿姨亲手缝制的，大红的颜色，有喜庆的图案和刺绣，他用那双布满老茧的手轻轻抚摸那已经掉出线头的枕套，他说内心已经是在等待了，就在等时间了。第一次谈起自己的妻子，他露出了羞涩的微笑。

飞机到达东京成田国际机场已经是半夜，老丁和与女儿见面时一样，和陈阿姨相约在日暮里站台见面，在等列车进站时，老丁就已经在规划自己和妻子相遇之后的行程，写了密密麻麻的旅行安排和乘车路线，他想用自己的一点方式来弥补这些年他不在身边的陪伴。

陈阿姨从机场匆匆赶来，她穿着合身的新衣服，烫了头发，还化了一点点的淡妆，看起来精神了许多。应该怎样和你形容这十多年后的重逢呢？分别时都是最好的年纪，再见面却已两鬓斑白，他们跨越了时光，跨越了国界，跨过了人群，跨过了站台，他们相对而视，他们默默微笑，他们就像是新婚燕尔的夫妻，彼此不好意思地低下了头，他们彼此叫着对方的名字，那是在分离多年之后依然存在的默契，那样的一种守候，无须多言。

在老丁居住的屋子里，陈阿姨看着老丁在厨房做晚饭，她依然是刚下列车时那种微笑，雀跃的、羞涩的、腼腆的、幸福的微笑。吃过晚饭后，两个人坐在餐桌前相顾无言，其实有太多太多的话，其实有太多太多的情绪，只是全部堵在了胸口，不知道该从何说起。最后老丁才说：十几年了，的确是很辛苦，多亏你了。

陈阿姨听到这样的话，眼泪终于流了下来，她把自己多年的委屈和辛苦，通过今天这一夜的长谈，排解了。

短短三天的时间，老丁带着妻子来到东京的许多景点，在明媚的春光里品味着久别重逢的温馨和喜悦。他们一起烧香拜佛，他们一起看樱花，他们一起吃小吃，他们一起合影，而更多的时候，老丁像之前和女儿相逢时一样，紧紧看着妻子，十三年的思念交织在一起，两个人的东京，他们的足迹虽然无法踏遍老丁走过的每一个地方，但是这样三天的短暂重逢，陈阿姨却已经非常满足。

再漫长的前期准备，再喜悦的短暂相逢，总有离别的时候，而在这样的时刻只能留下了默然。五年前，老丁在这趟列车上送走了自己的女儿，五年后的今天，同样的列车，同样的那个站点，同样的提前下车，老丁又即将和妻子分别，而在面对这十三年后的再次别离，两个中年人都忍不住在列车上落下泪来。

生命总是如此的相似，老丁依然是在列车还没有停稳就下了车，站在月台上怔怔望着妻子，而陈阿姨在不停地抹泪，也不回头，只有在列车启动的刹那匆匆一瞥一挥手，从此又是天涯两路人。

老丁曾经说，在日本生活还是挺好，最苦的就是一个人，缺少一份家庭的温暖，对子女没办法教育，对家庭也没有尽到责任。就是苦了她了。二十多年的夫妻，我们就做了一半，做了十几年，还有十几年没有做夫妻。她为了我，为了完成我最初的理想，一直在牺牲，我心里很内疚，我很对不起她。

陈阿姨在机场语重心长地告诉我们：丁琳应该好好感谢她爸爸，没有他也没有丁琳的今天。

08

在与女儿和妻子见面后，老丁依然还在东京打工，甚至比以前更加努力，他做清洁工，给商场扫地，擦拭护栏和电梯，清理垃圾桶，别人不愿意做的工作他都去做，为的就是多赚一点钱，给家里和女儿减少一点负担。

老丁说：我就靠自己的力量，洗碗、清扫、在建筑工地打工，有什么活干什么活，就靠自己的力量，靠自己的双手，把自己的命、把家庭的命彻底扭转过来，努力把孩子培养出来。我也尽到自己的责任。为了这些，必须去拼去努力，人要是没有点拼命的精神，干什么都不行。

老丁虽然在语言学校丧失了学习的机会，但是这些年，他利用自己的空余时间自学了好几门技术，考取了多个资格证，为了不失业，他一直都在努力打拼，有人问这样辛苦的工作怎么还要做？老丁非常释怀：能干就不错啦，现在经济这么不景气，我还能每天都有工作，累就累点嘛。

可是岁月不饶人，老丁当年离开中国时三十五岁，如今已经是将近五十岁，人到中年，又常年在外辛劳，身体已经大不如前。上楼梯需要搀扶，在快轨上抓紧时间睡觉，牙齿松动掉落。老丁自己都觉得年龄到了，体力劳动做不成了，而今女儿在纽约已经站稳脚跟，妻子也已经逐渐老去孤苦一人无人陪伴。他渐渐意识到，他该回去了。

来到日本的第十五个年头，老丁决定，回国。

在决定回国之前，他抽空到了自己曾经的起点：北海道，阿寒町。十五年漫长的时光，终于要与老地方告别，他说这是他的故乡，日本是他的第二故乡，而这所曾经的语言学校，就是他故乡的原点。那个时候，老丁梦想建立自己的新起点，满怀希望来到这里，而后又充满绝望地逃离，时隔十五年，他回到故地，做一次彻底的告别。

以前的语言学校早已经关闭，曾经的校舍彻底被荒废，阳光洒进来，灰尘飘浮在空中，清晰可见，老丁趴在玻璃上看着自己曾经住过的地方，斑驳的墙壁，翻皮的地板，还有随意丢弃的日本书籍，这一切的时光都停留在了老丁的记忆里，纵然时光匆匆，但唯有记忆才能历久弥新。

他说：虽然现在赚了点钱，但是过去了十五年，还是想着多亏了这个学校，把我带到了日本。对不起这个学校，对不起阿寒町，对不起这里的职工。但我们也是毫无选择，这条路我们必须走下去。在离开这里前，老丁对着曾经的校舍深深地三鞠躬，以作歉意和告别。

终于，启程的日子到了。在回国的飞机上，老丁两眼饱含热泪，在飞机起飞的刹那，他双手合十，闭上了双眼，没有人知道他是在祈祷还是在回忆，但我肯定他已经是充满了感恩，充满了对往事的追寻。在飞机不断上升的过程中，他肯定想起了曾经无数个自己。

那个前往日本义无反顾的自己，那个逃离北海道绝望的自己，那个拿着手电筒走在深夜无人街头的自己，那个在餐馆冬天赤手洗碗的自己，那个拉着平板车送货的自己，那个做清洁工扫地的自己，那个望着女儿照片幸福的自己，那个在厨房就着塑料袋洗澡的自己，那个因为和家人重逢喜悦的自己，那个因为再次离别伤心的自己。那个曾经奋斗的自己，那个不曾放弃的自己。

1989 年，三十五岁意气风发的丁尚彪前往了日本，2004 年，五十岁两鬓斑白的丁尚彪回到了中国。人生匆匆而过，这十五年弹指一瞬间，最美好的时间过去了，但在异国他乡经历过奋斗过的老丁，他用自己的双手，彻底改变了家庭的命运，你能说，他不伟大吗？

承受了深重苦难毅然离开的国度——中国。经历了十五年的血汗拼搏的国度——日本。一位为了改变命运奋力拼搏的男人。一位和他同甘共苦不离不弃的妻子。一位积极向上勇敢坚强的女儿。一个故事，十五年。

没有感叹命运的坎坷，也没有说过一句怨言，更没有放弃自己的人生。

跨越了时代，跨越了国界，纵然含着泪，仍要活下去！

尾声

丁尚彪的故事被华人导演张丽玲拍成纪录片，这是她的系列纪录片《我的留学生活系列纪录片》的收山之作，这部作品凝聚了张丽玲和摄制组十年的心血，取名就是《含泪活着》。在纪录片的电影海报上，写着这样的一句话：在连续三年每年有三万人自杀的日本，有这样一位中国人顽强地含泪活着！

在纪录片之外，我查找到了更多丁尚彪在日本生活工作的一些细节。其实，丁尚彪在日本的十五年里，一直在交都民税，他作为丁琳出国的经济担保人，通过交税保护了自己，也保护了女儿。而在他回国前，曾表明自己不想隐瞒非法居留身份，请律师为他申请合法的回国签证。律师了解了他十五年非法滞留的经历后说，按日本法律至少要服刑3年，劝他不要自找麻烦。

在办理登机手续时，海关人员看到丁尚彪的护照，先是大惊失色，但很快平静下来，然后迅速做出决定盖章放行，还以举手礼向他表示敬意。也许是海关人员在电脑检索中，没有发现丁尚彪有其他非法行为的记录。十五年，不容易，高抬贵手两方便。

非常遗憾的是，在我开始写这篇纪实报告文学前，我曾经想尽各种办法去联系老丁本人，想对他做一个采访，为写作提供素材，但都无果，无奈之下我只能通过各种的网络资料和纪录片，来为你完整再现这样一个感人至深的故事。

我看到很多网上关于丁尚彪事迹的评价，大家对老丁的行为表示了深深的敬意，也有许多朋友看纪录片时几度落泪，但也有人表达了自己的质疑，为了家人的幸福，赌上了自己最美好的时光，荒废了与家人在一起的岁月，以骨肉分离为代价，值得吗？

　　这就回到了开篇中我提到的问题，我想那位前辈说的是对的，这样的问题，需要我们按照自己的人生阶段来回答，如果等我们拥有了自己的家庭和孩子，如果我们也已经白发苍苍，或许就会给予更加客观的答案吧。

　　而对于一些抵日的言论，也不用理会，在什么国家不重要，重要的是老丁本人的经历和故事，如果换一个国家就可以浇灭那些怒火，那就不妨设一个假想吧。而对于一些不懂什么是含泪活着的朋友，我觉得一位朋友曾经写下的几句话你不妨一读。

　　你会懂历史洪流面前个人的无力，更会钦佩逆流而上改变命运的勇气。你会懂什么叫跨越国界，跨越种族人类的朴素情感：为了改变个人和家庭的命运拼命奋斗。你会懂老丁的牺牲、老丁妻子的包容、丁琳肩上扛着父母沉甸甸的期望。你会懂老丁在厨房洗澡用的塑料袋代表着什么。你会懂十五年每天打三份工为了什么。你会懂多少年等待的那份苦涩。

　　如果这些你都懂，那么你也会懂，什么叫含泪活着。

　　我查阅了很多资料和报道，依稀捕捉到了老丁和他的家人的后续故事，简单和各位分享：丁尚彪回到上海后购置了宽敞的住房，与妻子过着平静安逸的生活，他也在湖北为日本公司工作过一段时间，之后又因为到美国探望女儿辞职。丁琳已经读完医学博士，成了纽约一家医院的医生，在 2009 年结婚，在美国也购置了新房。目前老丁一家居住在美国，正在申请绿卡。至此，后略。

老丁的付出直接得益的是他的女儿，按照丁琳的话说，她之所以能够取得今天的成就，和她的家人那种常人无法想象的付出是分不开的。她已经接过了父亲手中沉甸甸的接力棒，她也非常明白那份传承的重要性。对他们最好的回报，就是成为一名优秀的妇科医生，迎接新生命的诞生，去帮助更多的人。

我觉得这不算是一个励志的故事，因为老丁并没有改变个人的命运，原来生活在底层的老丁就算去了日本也生活在底层，没有成为什么有传奇经历的高富帅，他只是用自己的努力改变了全家。这只是一个普通的故事，有一位普通的父亲，做了一件为家庭付出普通的事情，但这其中不平凡的是，他一做就是十五年。

每个人其实都在卑微而辛酸地活着，每个人都在为自我而努力奋斗着，能够在时代的洪流里成为一股逆流而上的浪潮，这已经是让人十分敬佩的事情。如果有人想要和这位普通的父亲去争论什么曾经，我想他会淡淡一笑告诉你，不要和我谈什么曾经，咱们说说未来吧。

正如一个评论里提到的：把所有的艰辛、心酸、勇敢这些朴素的词汇都献给老丁吧，我知道经历过这些的人，会认可，并不会嫌弃这些词汇的粗陋。

各位朋友，如果你看到这里，或许不禁还会问，这样做真的值得吗？我想，人生种种，于旁人来说是值得不值得，于自己而言是愿意不愿意，如果你愿意，那么一切都值得。而对于老丁来说，在他度过了那样艰辛的岁月，站在了全新的生活面前，曾经的一切都是他愿意的，也就是值得的。

当我们被不公对待的时候，当我们面临不幸跌倒的时候，当我们被命运一次次捉弄的时候，攥紧拳头、咬紧牙关，倔强地站立起来，还人生以奋斗和坚守的礼赞，用自己的奋斗和努力去改变人生，给生命涂上与曾经完全不同的灿烂的颜色。纵然含着眼泪，也要活下去。纵然含着眼泪，泪是苦，也有甜。

最后，请允许我用这个故事中主人公说过的话来为这篇长文结尾吧：

——作为父母，为孩子的成长出点力吧，父母是孩子的奠基石，让他们可以有踩的地方。

——就像赛跑一样，接力棒我已经拿着跑了那么远，目标就是把它再交给女儿。

——有什么困难挺过来就行了，就朝着自己的目标去走，去拼，总会好的。

——十五年前，我想人生是悲哀的；十五年后，我想人生是很高兴的。

——自己的能力来自家庭，家庭是一种希望、一种对未来的憧憬。

——我要做一个堂堂正正的人。

多谢本文指导杨老师、吴老师、崔佳佳、小暖。

附录：by 小暖

作为纪实报告文学，我没有在写作的过程中掺杂太多的个人感情和描述，也没有用过多的笔墨写下自己的观点，最后为你附录《远近都是爱》的策划小暖写下的一些个人看法，算为本文做以补充。

我记得早前看柴静的《看见》，她采访德国举重员施泰纳，他说为什么重返举重，因为他恨，恨失去所爱。但人在死亡面前有什么能力呢？所以他把愤怒都发泄在杠铃上，他说如果没有训练，自己会疯掉。柴静在书中写道："这愚蠢吗？我不知道。只有这样他才能活下去。"

所以没有值不值得的问题，你问丁尚彪为什么不回中国，你问丁尚彪是怎么熬过来的，因为他想改变，改变自己和家人的命运。爱是他的动力，让他去举起全部的力量。

但人在历史面前有什么能力呢？大时代的悲剧下，小人物的命运绝对令人唏嘘与感慨万千。所以他才把十五年的青春都用在了打工上，把自己的梦想寄托在女儿身上，只有这样他才能活下去，尽管是含着泪。

在这篇报告文学里介绍到阿寒町，这个城市的境遇让我想到了许多同类的城市，盛极一时的城市会消失，日进斗金的矿山也会成为鬼城。如同智利，智利北部矿区曾在19世纪繁盛无比，各国工人携家带口来此谋生，矿商们日进斗金，城市在沙漠深处平地而起。历经百年繁荣，矿区悄然没落，工人离去，工厂关闭，曾经盛极一时的城市人去楼空，成为供后人凭吊历史的"鬼城"。

还有被誉为"世界传统汽车中心以及音乐之都"的底特律，在经历过石油危机、种族问题以及产业外移之后，这座都市受创许多，人们能带走的已经带走，而带不走的只能留下，是不是有一天人类总要为自己做过的事来偿还代价？

老丁在日本有一个重大的转折期，之前是为成就自己的梦想，而后是为了成全女儿的梦想。

这在中国父母身上十分常见，父母把自己年轻时未能完成的梦想寄托在自己的子女身上。老丁为了丁琳在日本数十年如一日艰辛打工，陈阿姨为了丁琳，一直勤俭节约，舍不得吃一顿好饭，舍不得花钱看病。于父母而言，子女就如同他们的软肋，也是他们永远努力的动力。

我们不去谈论中外的文化差异和家庭观念的差距，也不去讨论老丁的初衷和想法是否有偏颇，因为这些都没有意义。但有一句大家熟知的话却让人感叹：你的父母仍在为你打拼，这就是你今天坚强的理由。

丁琳去日本的时候，老丁带她去了他打工的餐厅和住处，这就好像我们找到了自己的另一半后，想带那个人走一遍我们曾经长大的地方，小学、初中、高中、大学，告诉他在这里发生了什么事，当时的自己是什么样的，希望对方都能了解，好像这样那些年没有参与的年华和岁月都可以得到弥补。

文章中反复出现机场、车站的画面和描述，成田机场、浦东机场，有人说机场是汇集眼泪最多的地方，只凭一道小小的栏杆就已经是两个国度的人了，机场弥漫了太多泪水、太多的离别与重逢。在地铁上和老丁分别时，丁琳没有回头，我想如果回了头，她或许会丧失所有的勇气，只能这样咬着牙，含着泪，不回头地走下去。

丁尚彪孤单吗？或许吧，但他用自己的故事说出了我们每个人的内心。

最后，希望远近这篇非常具有诚意的万字纪实文学能让更多人看到，也希望各位在看完后的情绪不仅是那种会掉泪的感动，而是让人呆坐在夜里有所反思。

人生在世，你要怎么活？你的父母，在你不为人知的背后，究竟为你付出了什么？

Part 3
第三章

一把匕首

　　我见到慧姐的时候，是在丽江的医院。

　　我在医院左绕右拐，怎么也找不到路，问了一个护士，说的方言也没有听懂。大致意思是往南走撞墙就到了。

　　我心想，撞墙……撞墙……

　　眼看就要撞到墙，有一个非常隐秘的小门，上面挂着一个牌子：精神卫生科。

　　推门进去是一排病房，找到慧姐时，她正在吸溜吸溜地吃土鸡米线。

　　看到我来，她笑笑，你来啦。

　　慧姐是我在网上认识的客栈老板，是大美女，身材高挑，前凸后翘，眼睛看人的时候会抛媚眼。

　　我那年来丽江的时候，就是她接待的我。

　　那是血气方刚的自己啊，看任何人都要多看几眼以示自己的成熟。

　　慧姐总用涂着大红色指甲油的指头戳我脑袋，你个小屁孩。

　　我总会瞪回去，说谁小屁孩呢？我都十九岁了。

　　据说，那时慧姐有男朋友，长得很帅。

慧姐指指旁边，坐呀。

我乖乖坐下，不知道该说什么，只是盯着她的床单出神，慧姐"扑哧"一声笑了出来。

怎么？这些年不见就不知道说点什么？我是不是老了，也丑了？

我摇摇头，没。

我没有说实话，要不是手上依然鲜红的指甲，我都没办法认出她来，她变得憔悴了许多，头发随意拢在后面，完全没有了当年精致的模样。

她抬起手朝我挥挥，好看吗？我刚涂的颜色。我点头，你还是那么喜欢红色。

她点头，是啊，感觉自己还是那么年轻，红色热烈嘛。

我说，现在也不老啊。

她突然就落下泪来，老了。少许，她指着我说，你看这像什么？我一愣，这不是手指吗？

她呵呵笑了几声，红的，像刀。

我到丽江后，其实是找过一次慧姐的，店里的人说慧姐已经把客栈盘出去了。

现在的客栈是一个叫作虎子的人在管。我刚想打听虎子是谁。

店员眨眨眼睛，神秘地说，慧姐要死啦！

我惊了一下，什么？店员把胳膊撑在桌子上，俯身对我说，慧姐得抑郁症了。

我说，抑郁症不会死人的。店员瞥了我一眼，怎么会，整个丽江都知道了。就是虎子害的，整个店都是慧姐白送的。

这次我是真的震惊了，到底出了什么事？

店员绕过桌子拉住我，你要喝茶吗？我这里的茶特别好，而且不贵哦。

慧姐在丽江是出了名的漂亮，但是漂亮女人在丽江一般都不安全。这是艳遇丽江多年不变的法则。

慧姐曾经在北京有一份体面的工作，因为失恋来到丽江，找了一个男人，男人很爱她，然后给她开了一家客栈。

丽江本就是一座艳遇之都，许多人为治疗情伤来到这里，艳遇一些人，靠着纸醉金迷治疗自己的创伤。

慧姐当时轻蔑地对我说完这些话，然后挑挑眉。

我说，这个不准吗？慧姐笑笑，当然，就好比你有心事，你去旅行，其实无非是将这些心事换了个旅行箱又带回来。回去老地方该怎样就怎样。没变化。

我当时对慧姐佩服得五体投地，真是真理啊！

当年慧姐说，宁可相信这个世界上有鬼，也不要相信男人这张嘴。更重要的是，不要把艳遇当作是治疗伤痛的良药，那是毒药！记住，是毒药！

我深以为然。

变啦！都变啦！店员听完我的描述，夸张地说。变什么了？我疑惑地问。

店员又眨眨眼睛摆出一副神秘的表情，我给你讲个事情啊，这个事情全丽江都知道，慧姐就是因为受不了，才把店给了虎子的。

那时慧姐依然还是这家客栈的老板，有一天，她的一个北京男性朋友带着女朋友，和女朋友的闺密来玩儿，住在这里。

我一听就明白了，得，肯定是恶俗的狗血剧情吧？

店员摇摇头，又狗血，又意外。

暂且把男人叫作男人，女朋友叫女人，闺密叫闺密吧。总之他们不重要。店员言简意赅。

慧姐和男人关系不错，是曾经职场上非常要好的朋友。女人看起来也很贤惠，不多说话。闺密很活泼，像是个涉世不深的少女，每天叽叽喳喳，拉着慧姐聊天。

慧姐喜欢交朋友，于是四个人每天吃喝玩乐在一起，完全没有做生意的样子。

直到过了一周，女人眼睛红肿地来找慧姐。

慧姐和女人坐在丽江最热闹的酒吧里喝酒，眼看女人喝了半打啤酒都不说话，慧姐拦下了女人再次举杯的手。

到底怎么了，你倒是吭声啊？慧姐吼道。我……女人欲言又止。

慧姐一看这神情就明白了，你男人艳遇了吧？女人摇摇头。

不是？慧姐愣住了，那你哭什么？女人眼泪哗地就流了下来，我男人和闺密上床了。

慧姐一听，当即哈哈哈笑出了声，女人略带疑惑和愤怒地看着她，慧姐笑得停不下来，最后才一边道歉一边擦了擦眼角笑出的泪。

对不起，对不起。我就是觉得好笑，这种事情貌似只有在狗血小说里才能看到，没想到今儿让我遇到了。我罚酒啊……慧姐喝了一杯。

女人重重叹口气，我男朋友说要去喝茶，我就自己出去遛弯，半夜回到客栈房间，透过窗户看到闺密的房间，他们就在……就在……

上床。慧姐一语中的。

酒吧里好热闹，各种各样的人都在这里寻找自己的猎物。丽江这座小城在夜晚呈现出与白天完全不同的暧昧神色，各种荷尔蒙在形形色色的酒吧里膨胀，人们忙着搭讪，忙着喝酒，忙着满足自己心里无法见光的欲望。

慧姐问女人，你打算怎么办？

桌子上已经摆满了酒瓶，女人许久不说话，慧姐点燃一根烟递给她，女人哆哆嗦嗦接过去猛吸了一口，被呛得直咳嗽。

我……一点都不会抽烟，也不喜欢酒吧。女人被呛得满脸是泪。

慧姐拍拍女人的背，又问了一句，你打算怎么办？

女人摇摇头，我舍不得闺密这份友谊，我们认识好多年了，我觉得她不是这样的人，她可能是喝醉了，可能是寂寞了。

慧姐不屑一顾，就是不要脸呗。

女人摆摆手，不可能，我很了解她的，她特别单纯，你这几天也看到了，她就像是个孩子。

慧姐把烟从女人手里拿走，摁在烟灰缸里熄灭。

我们打个赌，我随便找一个男人，就可以和你的闺密上床，你信不信?

女人的眼睛里五光十色，说了一句什么，慧姐没有听清。

第二天，女人神色更加黯淡，她来找到慧姐。

你说对了。女人说。

慧姐满足的表情深深刺痛了女人，她狠了狠心说，我要离婚。回去就离。马上。

慧姐盯着她的眼睛，恭喜你。

三个月后的一天，慧姐正在客栈里忙碌，之前的那个男人又来了。

慧姐看着他，用她的红指甲指着对面站着的男人，你又来了?

男人盯着慧姐，恶狠狠地说，你怎么那么狠?

慧姐说，我怎么了? 男人一拍桌子，我都知道了，是你找了陌生人和闺密上床的，是你挑唆我离婚的，是你造成了今天的一切。

慧姐一挑眉，没错。因为我就是让她们看看，男人压根靠不住，没有一个好东西，我也让你看看，你喜欢的闺密，到底是个什么货色。

男人抬手要扇慧姐耳光，慧姐抬起头说，你打，随便你打。就算你今天打死我，你也已经离婚了。

男人抬起的手又放下，一个没有站稳坐在了椅子上。

慧姐走过去，轻轻抚摸着男人的头，虎子，这么多年了，你还是这个样子，一点都没变。

慧姐在北京时有过一段婚姻，曾经的她烂漫天真，有着对爱情的无限想象，一心想着找到真命天子，并且为了能够遇到这个人，去学插花、茶道、瑜伽，她将自己装点得美丽无比，她笃定自己对于爱情的全部幻想。

慧姐的这段婚姻就始于这些美丽的泡沫，她遇到了一个男人，并且快速和他结婚，生下一个女儿。她以为自己是这个世界上幸福的人，直到某天她亲眼看到了男人和另外一个女人在床笫寻欢。

慧姐哭过、闹过、哀求过，都无济于事。后来，她将离婚协议书轻轻放在男人面前，只身来到了丽江。

此时此刻，慧姐看着眼前的这个男人，他的眉宇依稀可以辨认，他依然保持着几年前的健壮身材，他的眼角唇间，都曾经留下过慧姐亲吻的痕迹。

慧姐知道，她依然爱着眼前的男人。她蹲在男人身边，轻轻问他，你爱她吗？男人点点头。

慧姐又问，爱哪个？男人闭上眼睛，女人和闺密都爱。慧姐的神情捉摸不透，那你爱我吗？良久，男人再次点点头。

慧姐猛地站起来，掀翻了身边的桌子，大声吼道：骗子，你这个骗子！一个人怎么可以同时爱几个人？如果你都爱，那么我们在一起，你干吗要抛弃我？如果你都爱，那我们四个在一起啊！骗子！你们男人都是骗子！

店员给我讲到这里，满脸的鄙夷。

后来呢？我焦急地问。店员故意停顿了一会儿，后来啊……后来慧姐就疯啦！

疯了？我惊得站了起来。店员斜着看了我一眼，示意我坐下，慧姐从那以后就开始不正常啦，每天疯疯癫癫的，有时大哭有时大笑，还总认错人。

我插了一嘴，怎么可能？店员说，怎么不可能，虎子就是慧姐的前夫，出了这么多的事情她肯定承受不住。虎子哥说慧姐疯了，没有能力掌管客栈，就把慧姐送到医院，自己回来管客栈了呗。

我问，那客栈就白送给这男人了？

店员一摊手，不知道，这要问慧姐，不过她现在疯疯癫癫的，也说不出个所以然了吧。

医院的下午很安静，我在给慧姐削苹果，她望向窗外一言不发，不知道在想些什么。

我将苹果递到她手里，她用指甲狠狠地掐进去，苹果的汁液顺着手指流了下来。

我手忙脚乱地收拾，她冷不丁地问，你都知道了？

我停下手里的动作，深深看了她一眼，点点头。慧姐眼泪落了下来，他打我。

我不知道该说什么，慧姐又笑笑，果然人言可畏，不管逃到哪里，都逃不出去。

我握住她的手，没事，慧姐，我相信你，都会好起来的。她把我的手拿开，你觉得像我这样大家眼中的疯子，还能好吗？

我摇摇头，我觉得你没疯。

慧姐眼神黯淡，那是你以为，不是他们。

"他们"指的是在丽江和慧姐熟识的人。

慧姐被送到医院的第三天，虎子就把他们的故事绘声绘色地讲开了，他把慧姐形容成了一个为爱生恨的疯女人，因为出轨被发现名誉扫地离开北京来到丽江，又偶遇前夫和新女朋友产生嫉妒，最后导演一出闹剧，破坏别人的家庭。

最终，他们将故事说得光怪陆离，将慧姐送进了医院。

我看着眼前憔悴的慧姐，心里替她打抱不平，扬言带她回去把事情说清楚。

慧姐摆摆手，我们斗不过他的。在北京时我以为爱上了一个值得托付的人，谁想到他在外面寻花问柳，我质问他时他就打我。我实在受不了放下离婚协议书就逃到丽江。

慧姐吸吸鼻子，又说，原本以为这事情就这么结束了，哪想到命运捉弄，又让我遇到他，本以为只是邂逅，没想到又是一出闹剧。

慧姐抓住我的手，慌张地说，我不是故意的，我不是故意拆散他们的。

离开丽江时，慧姐依然在医院，我劝她换一个地方生活，她说要好好想想。

我问她，你还爱虎子吗？慧姐思量许久，点点头，他也是可怜人。

慧姐说，我到现在都没有收到离婚协议书。

她问我，你说，我这婚是离了，还是没离？

我不知道。

这是一个奇怪的故事，我不知道该怎么和你讲述它最终的结局，或许故事远远没有结束。

只是，我们以为的爱情，都想要最完美的结果，可是一出出的闹剧，却统统源于爱。

我其实没有去细究整个故事的真实性，因为已经没有必要。

你说故事里谁赢了？慧姐、虎子，还是女人或闺密？

不好说。正如慧姐在那天下午挥舞着她涂满红色指甲油的手，她在阳光下细细端详着那些红色。

她说，你看，多锋利啊，多红啊。好像一把把刀。

有些时候的感情，是一杯粗制滥造的酒。不够醉人，不够甜。滋味只有喝的人才知道。

有些时候的爱情，就像一把匕首，有时可以保护自己。

有时，也可以把自己伤得体无完肤。

胜者为王

说实话，那一天，我是哆哆嗦嗦去见丽丽的。

晚上她给我打电话，快说，你有没有时间？我也没好气，姑奶奶，你说广告狗有没有时间？时间可以抽出来，但每天都不够用。

丽丽吧唧了半天嘴，你有没有扮演过角色？我一愣，什么角色？

她干笑了几声，别人的男朋友啊。我需要一个假冒男朋友。

我直摆手，姑奶奶你饶过我，我真不行。

丽丽一笑，哪儿不行？

靠……

推开酒店门望过去，看到丽丽坐在那里装老佛爷气定神闲，我走过去坐在她对面，凶巴巴地说，你把我叫来干吗？

丽丽看了下四周，一会儿无论出现什么情况，请你一定要镇定！

我一愣，还有什么人？你爸妈？你相亲都到带着家长的时候了吗？我是见过你家人的，你这招不好使啊……

还没说完，有一个西装革履的男人走过来站在桌边，一脸的奇怪，这位是……

我脸上的表情还没有转变过来，丽丽就十分做作婀娜地站了起来，一把拉起我说，来，郝哲，我给你介绍一下，这位是我男朋友，小宇。

什么情况！不是假扮男友吗？怎么会在另外一个男人面前假扮？我冲着丽丽挤眉弄眼，她看都没看我一眼，继续扮老佛爷。

这一顿饭的难受程度应该算得上我人生经历的 TOP3 了，奇葩程度算得上是人生经历的头牌。

慢慢地我才摸清楚了事情的来龙去脉，对面坐着的郝哲是丽丽家人介绍的相亲对象，国外留学，刚刚回国，在金融公司上班，做的是理财分析。真正的高富帅。

我坐在丽丽旁边赔笑，手底下噼里啪啦发着微信。

我：你这是在干吗？这么好的货怎么不收？

丽：现在好男人都有男朋友了，你给我鉴定一下。[窃笑]

我：看着挺正常的。

丽：你别忽悠我，刚才他都看了隔壁桌那个帅哥好几眼，我都感觉如果我不在他们直接就约了。[思考]

我：你别多心，说不定是认识，只是现在相亲不好意思呢。

丽：[呕吐]

说实话，对面这个叫郝哲的男人确实不错，看起来文质彬彬，说话细声细语，而且很有礼貌，不会咄咄逼人，一看就是接受过良好的教育。

但是我不能认尿啊，我特别淡定，我也得表现出自己也是家教好的人，于是我说：郝哲啊，一看你就是海归，我和丽丽都非常欣赏你，我希望你们有很好的发展啊。

丽丽将口中的一口水噗地喷了出来，郝哲一边忙着给她递纸巾一边笑着对我说，你的意思是？

我的脑子肯定是短路了，我慌忙解释说，别误会啊，我家丽丽比较糙，我是想让她多认识一些社会的精英，这样也好多和你学习，交个朋友嘛。

丽丽恶狠狠地瞪了我一眼，不用别人教我，我自己会。

我继续笑着对郝哲说，你看，她还不谦虚。郝哲也笑笑，没事的，我本来是想和丽丽处对象的，但没想到她已经有男朋友了，看来我是没有这个福气了啊。

正在寒暄，一条短信发进了我的手机。

小宇，你和丽丽是什么时候在一起的？我怎么不知道？发件人：丽丽妈。

我偷偷给丽丽看，丽丽也是一脸错愕，看来一定是郝哲偷偷发的，他什么时候用的手机我都不知道。

我和丽丽神色复杂地看着对面这个男人，他依然摆出一副标准的迷人的微笑，好像什么事情都和他无关。

我忍不住问，郝哲，你是什么星座啊？郝哲说，天蝎座。

我和丽丽交换了一个果然如此的眼神。

之后一个星期，丽丽的妈妈给我打了不下十个电话，我都装作视而不见。

后来实在忍不住了，我给丽丽发微信。

我：你妈给我打了无数个电话，我真的受到了惊吓，你倒是想想办法啊！〔哭泣〕

丽：你以为我不是啊？我现在吓得家都不敢回了，你倒是想想办法啊！〔白眼〕

我：你捅的娄子，你负责收拾！！

丽：我不管我不管我不管，这事情我不知道！〔抓狂〕〔抓狂〕〔抓狂〕

丽丽就是这个样子，有话不会好好说，每句话后面都会发表情，而且也不喜欢打电话，所以她的电话我是一定要接的，比如上次的相亲。因为如果她打电话，一定是非常重要的事情。以此类推，如果她的某条微信里没有表情，说明这事儿就大了。

我没回丽丽的微信，丽丽妈的电话也没有了，我以为事情就这么结束了，没想到过了几天，丽丽给我发微信。

丽：我妈让你去我家见家长，说要和你好好谈谈！！！

我：……

丽：怎！么！办！

我：……

我们正在纠结，一条丽丽妈的短信进来。

小宇，这周末来我家，没得商量，不然我以后就不是你干妈，你自己看着办。

我两眼一黑。

周六早晨，我还在家里磨磨蹭蹭不想出门，丽丽来了，进来便吼，我已经一夜没睡了，怎么办？

我一边提裤子一边说，怎么办怎么办，就知道问怎么办，到时候实在不行，就承认了得了。

丽丽连连摆手，不行，我妈最讨厌别人骗她，有事瞒着她了，我的前任因为我没告诉我妈，我妈半年没和我说话。

我一皱眉，你妈怎么这么凶？现在是恋爱自由婚姻自由。

丽丽的表情都快哭了，我说过，我妈说你是我生的闺女，我有自由生你，我也有自由管你，管不管你是我的自由，不是你的。

我一听就竖起大拇指，干妈说的是真理啊。丽丽狠狠瞪了我一眼。

来到丽丽家，还没有敲门，门就开了，丽丽妈笑着站在我面前，听到脚步声就知道是你们，快进来吧。

我一边和干妈寒暄一边进门，刚进去就被一屋子乌泱泱的人吓得停住了脚步。

丽丽在后面推我，怎么不进去？结果她一看到这阵仗，也傻了。

姑姑、姑父、舅舅、舅妈，还有姨姥姥……你们怎么都来了……

我弱弱地问干妈，现在走来得及吗？

干妈笑眯眯地看着我。我懂了，那意思是，兔崽子，看我一会儿怎么收拾你。

我想死的心都有了。

刚坐定，一屋子的人都不说话，七上八下地打量我，我偷偷低头看着自己，没穿错衣服啊，也不花哨啊，怎么都在看我？

还没说话，一个中年女人说，还不错，鼻子是鼻子，眼睛是眼睛的。

我回头看丽丽，她有气无力地说，这是我姑姑。

一个中年男人接话，小伙子看着还是蛮精神的，在哪儿上班啊？我又看丽丽，她说：我舅。

我赶忙说，舅舅，我在广告公司上班。

丽丽妈说，这是我干儿子，跟我可亲了，我一直都当儿子看的，看样子这以后啊……

还没说完，有人接话，以后就是女婿啰。话音刚落，一屋子的人都笑了，我都不用看丽丽，就知道这是姨姥姥发的话。

我刚要反驳，丽丽狠狠掐了我一下大腿，我疼得龇牙咧嘴，姨姥姥又笑了，你看这小伙子，笑起来还是挺喜人儿的哈。

我心想，完蛋了，这次算是把自己的后半生赔进去了。我恶狠狠地盯着丽丽，意思是你要请我吃饭。

丽丽笑得不尴不尬，意思是，想敲诈老娘，下辈子吧。

丽丽的家人拿出了三堂会审的架势，把我的家庭、学历、工作、薪资各方面详细询问了一遍，我回答得小心翼翼，看着他们一会儿摇头一会儿点头，丽丽在一旁赔笑，我心里思量什么时候得把话说清楚才行。

丽丽舅舅一拍大腿，行，我看行，这个小伙子，不比郝哲差。

舅妈瞪了他一眼，你懂什么啊？人外有人天外有天，人家郝哲是国外留学回来的，又是金领，那赚的钱比小宇多，我不是说你坏话啊小宇，但是事实你总要承认的对吧？

我忙着点头，刚要说话就被丽丽姑父抢了过去，但是小宇和我们家是知根知底的，以后结婚生孩子都是顺理成章的事情嘛。

我心想这是哪儿跟哪儿啊，不是的姑父……还没说完，丽丽姑姑就打断了，对，而且，丽丽妈还是小宇的干妈，跟我们也不是外人，郝哲再好，那也不是自家人。

丽丽妈摇头，我觉得郝哲的条件更好一些，小宇是丽丽的好朋友，你说我这也是难选择啊。

丽丽急了，谁让你选择了，这八字还没有一撇呢。

丽丽妈也瞪眼，怎么没有一撇了？你说你们从小就是青梅竹马，妈妈肯定是向着小宇的，但是郝哲是你爸介绍的，我和你爸离婚后，他就做了这么一件人事我还觉得挺满意，我们这不是在讨论嘛。

丽丽站起来，讨论干吗还要叫着我们来，你们私下说就好了啊，这样闹得多尴尬。

丽丽妈也站起来，有什么尴尬的？男大当婚女大当嫁，把问题摆在台面上讲多好，又快又方便。丽丽也毫不示弱，那你也不能叫这么一家子人都过来啊，这是我们家的家事。

一听这话姨姥姥坐不住了，家事？你的家事就是全家的事，不然要亲戚有什么用？亲戚就是这时候用的，帮你把把关，帮你参谋一下，你的意思是嫌弃我们多余了？

其他人听完家里最权威的人说话，都纷纷点头，盯着丽丽。丽丽气鼓鼓地坐下，一言不发。

眼看就要到中午了，一家子人讨论得热火朝天，到最后把我和丽丽晾在一边。我偷偷摸摸掏出手机，给丽丽发微信。

我：怎么办？

丽：不知道。现在好像说什么都迟了，你看全家人都要认可你了。

我：不行啊，我不喜欢你啊。

丽：少来，好像说得我喜欢你一样，全世界男人都死绝了，我也不会喜欢你。

我：……要不要说得这么绝情？

丽：不然就招了吧，再这么说下去，我妈就要逼着我嫁给你了。

我盯着手机看了半天，丽丽妈喊我也没有听到，最后还是丽丽戳我，我才反应过来。我愣愣地说，干妈有事？

丽丽妈笑着说，我们刚才说，把你们订婚的日子放在下个月，你看如何？什么时候让你爸妈也来一趟，我们也好商议一下啊。

我一听傻了眼，看着一屋子的人都笑眯眯地看着我，我咽了咽口水，郑重其事地说，干妈，其实我和丽丽不是男女朋友，我们就是好朋友，那次是丽丽不想和郝哲处对象，临时让我假扮的，结果郝哲信以为真就和您说了。

这下轮到全家人傻眼，舅妈震惊地说，你说什么？再说一遍？

丽丽噌地站起来，大声把我刚才说的话又说了一次。

空气瞬间凝固了起来，良久，丽丽妈慢悠悠站起来，气定神闲地扇了丽丽一个耳光。

北京夏天正午的阳光毒辣，可屋子的温度却降到了冰点，全家人正式开启了三堂会审模式，把我和丽丽围在中间进行了长达一个小时的批斗。

说的话可想而知，全家人都挖空心思给丽丽介绍对象，可丽丽却联合她的好朋友合伙欺瞒家人，罪大恶极不可饶恕。

丽丽妈更是声泪俱下，她一边抽泣一边说，你爸这个负心汉走得早，就我们娘俩相依为命，你事事好强，上的最好的学校，考试总是第一名，工作生活都是有鼻子有脸的体面，怎么就在恋爱这方面一落千丈，你看看谁家的女儿，人家孩子都有了，你妈我做梦都想抱一个小外孙，怎么你就这么不争气？找不到就找不到，现在倒是会欺骗你妈了，你说我怎么生了你这么一个白眼狼，我真是瞎了眼才会嫁给你爸，你和你爸真是一个德行……

眼看丽丽妈就要将整个事情上升到另外一个高度，丽丽噌的一下站了起来，抹了一把眼泪说，妈，我知道你心疼我，想让我嫁个好人家，但是这种事情是可遇不可求的。爸出轨和你离婚是他的问题，可是最初不是你不顾家人反对和我爸在一起的吗？

丽丽妈一挥手，对！就是我当初恋爱自由婚姻自由，不顾你姥姥反对嫁给你爸，结果怎么样？最后不是自己吃苦受罪，最后不是没有善终？

丽丽打断她的话，可是爸爸不能代表天底下所有的男人，我会遇到更好的男人，我才二十六岁你就着急把我嫁出去，我这一年见了那么多男人我都不喜欢,你到底是希望我嫁一个有钱又体面的男人赶快生孩子,还是真的希望你自己的女儿能够幸福快乐,不要重蹈你的覆辙?

全家人都不再说话,丽丽一把拉着我,跑着出了门。

之后,我有一个多月没有再见过丽丽,发微信不回打电话关机,打丽丽妈的电话也关机,我深深怀疑他们全家都把我列入了黑名单。

某一天晚上,我正思量是不是哪天带点礼品登门道歉,这件事也有我的错,毕竟我是从犯。正想着手机响了,是丽丽的微信。

丽:干吗呢帅哥?〔色眯眯〕

我:正在想你啊。〔窃笑〕

丽:少来,你不知道在想哪个花姑娘呢吧。怎么样,没有打扰您老人家的雅兴吧!〔疑问〕

我:得了吧,我正想是不是哪天去你家登门道歉,你也不接我电话,你妈也不接,我怀疑被你们全家拉黑了。

丽:我和我妈去巴厘岛旅游了,手机没带。〔冷汗〕

我:娘俩挺嗨啊,怎么突然想起来出去旅游了?你妈不怪你了啊?

丽:我之后和全家人谈判了,我一定要在三十岁之前把自己嫁出去,但是完全要我自己做主,不让他们插手,如果嫁不出去,他们再张罗。〔胜利〕

我:那万一嫁不出去呢?〔疑问〕

丽:你少咒我啊〔辱骂〕,我好不容易说服了家人,他们都觉得我说得对,还是自己幸福快乐最重要,家人的意见可以参考,但是不能决

定我的未来啊！［微笑］

　　我：你还挺会说的嘛，看样子是不需要我出马了？

　　丽：那必须的，我都搞定了。

　　我不知道天底下有多少父母愿意为自己的孩子包办婚姻，他们都希望自己的孩子可以幸福快乐，但想想，一个没有自由的人生，又有什么快乐可言？

　　有人问我，感情是什么？

　　我觉得，是你经历过其中的种种酸甜苦辣，才能学会成长；是无论有多少风雨，都依然毫不畏惧；是你真的要亲自去体味去经历，才会知道成长。

　　温室里的花朵永远不能真正茁壮成长，只有哭过、闹过、伤过，你才知道，爱情和婚姻，其实只关乎两个人，与其他无关。

　　因为只有自己真正的幸福和快乐，才是胜者为王。

　　我把这段话用微信发给丽丽，她回了我一个搞怪的表情。

　　丽：哪怕最后我因为没有听家人的安排成为剩女，那也是剩者为王。

　　我：不，你是胜者为王！［胜利］［胜利］［胜利］

你走了之后就别回来

你有没有在圣诞节深夜被叫去吹冷风听他诉苦的朋友？

我有，他的名字叫凯哥。

如果我记得没错，那是 2013 年的平安夜，我已经洗完澡舒舒服服地躺在床上，拿着零食准备看场电影，安慰自己独身一人的寂寞。

这时电话响了，凯哥说，你过来陪我，我没地儿去。

我一愣，你不是有莹莹吗？你那女朋友可是出了名的漂亮姑娘，这个时候不应该是你侬我侬滚床单吗？

凯哥苦笑，莹莹？在的啊。

我骂了一句，你是想让我过去看你们虐狗吗？朗朗乾坤请你们自重啊。

凯哥飙了句脏话，然后说，我们吵架了，你快来。

在我的认知里，凯哥不是一个飙脏话的人，莹莹也不是一个脾气差的人。

一定出事了。

我起床穿衣服下楼打车，穿越了整个北京城到了他家楼下。

隔着路灯我远远看见凯哥坐在单元楼的楼梯上，不知道在想些什么。

我心里微微一沉，但还是走过去给了他一拳。

你大爷的，你知道你家在西五环我家在东五环，来一趟等于取经吗？就算是大半夜的打车也要八十块，你是不是没朋友所以才叫我的？你这个忘恩负义……

我话还没说完，凯哥抬头看着我，一字一顿地说：莹莹把我赶出来了。

我一个没憋住，"扑哧"一声笑了。

我挨着他坐下，看着他红彤彤的脸，想来是在这里坐了很久了。

我冷得缩缩脖子，问他：你们这是怎么了？

他转过头看着我，第一次，第一次啊！

我贫嘴道：怎么？好了这么久你们才第一次？你不行吗？

他吼了一声，我是第一次被赶出家门啊！

我做投降状，我知道！我这不是活跃下气氛嘛，你急什么？

凯哥是我的前同事，忠厚老实，做事老派，典型的好职男，又顾家又忠心，我和他做了几年同事，从来没有看到他和任何人红过眼，遇到急事也会微微一笑说，不急，不急。

公司的人都叫他：不急老先生。

我递给他一支烟，怎么了不急先生？谈了个女朋友也开始急眼了？这不像是你的作风啊。

莹莹我也见过很多次，一张巴掌脸，个子高挑，虽然在外企做高级秘书，却没有染上一点坏习气，是有一点小脾气，但也是个慢性子，和凯哥在一起也算是般配。

要说夫妻俩永远不吵架那不可能，但闹得把男朋友赶出家门，倒是第一次。

凯哥叹口气，一言难尽，一言难尽啊！

凯哥抽完烟，愣神了许久才说了原因，小两口本来是开开心心准备圣诞节，早就在某宝买了一棵特别大的圣诞树，两人悉心挂了许多彩带和彩灯，莹莹开心得不得了，每天都让树亮着，凯哥曾说太费电，后来莹莹才让凯哥白天把彩灯灭了，晚上再亮。

平安夜情侣们都在外面逛街看电影吃饭购物顺带开房，除了最后一项要在家里解决，其他该做的都做了，本来都挺开心，结果两人回到家后，开门发现圣诞树竟然没有开灯。

莹莹顿时火冒三丈，平安夜为什么不开灯？

凯哥自知有些理亏，走的时候我关了。

莹莹又问，今天是平安夜，装扮了这么久就是为了今天晚上，你为什么走的时候不开灯？今天也要省电吗？

凯哥顶了一句，走的时候是我们两人，你怎么不开？

莹莹说，我以为你开了啊，我以为你会想着去开的。

凯哥一时酒气上头，那你是眼睛瞎。

和凯哥在一起半年多，凯哥从没有多说过莹莹一句，今晚的表现让她太过意外，于是两人你一句我一句地拌起嘴来，一怒之下，莹莹将圣诞树推倒，指着凯哥说，你走！你走啊，我不想和你过这个圣诞节了。

凯哥气势汹汹地拉开门，你可想清楚了，我走了之后就不回来了。

莹莹扔过一个靠枕，滚！

我听完有点吃惊，没了？

凯哥点点头，没了。

我有点生气，你们俩就为这点小事就吵起来了？然后你还把我叫过来听你说这点小事？

凯哥沮丧地说，这对我来说已经够严重的了。

我点点头，拍拍他的肩膀说，你这个恋爱经验为零的人啊！

我打电话给莹莹，让她下楼来领人。

莹莹听上去已经差不多消气了，也没说什么，挂上电话没几分钟就下楼来，还拿着凯哥的外套，我马上堆出笑容，嫂子，你们俩这是过家家呢？

莹莹白了我一眼，瞎说什么？她走过去推推凯哥，是你让人家来的？丢人丢得还不够吗？

凯哥不接茬，是你让我走了之后就别回来，我又没地方去，只好让远近来陪我。

莹莹拉凯哥起来，走，回家吧，这么冷的天。

凯哥乖乖站起身往回走。

我在后面急了，喂！我呢？也不让我进去喝口热水吗？我也是挨冻了好久啊！

这个没良心的人！

02

后来没过多久，我就又接到了凯哥的电话。在哪儿？陪我出来喝酒。我问他，你怎么了？凯哥说，我和莹莹吵架了。

我笑了，这真是天下奇谈，你俩这是吵架吵上瘾了？

凯哥说，我在酒吧，你到底来不来？

来来来，我上辈子肯定欠你了，祖宗。

在三里屯的酒吧我找到凯哥，他已经是半醉了，吧台上摆了七八个空瓶子，我坐下就开始数落他，你喝这么多酒干吗？小心喝坏了身子啊。

凯哥斜眼看我，我带着钱的。

我说，谁问你带钱没？回头一招手，老板，再来五瓶。

凯哥一副我就知道你是这德行的表情。

啤酒一杯一杯地下肚，我刚起的话头就被他打回去。

喝酒喝酒，来来来干杯！咱们不说那些不开心的事情。于是我就陪着凯哥一杯一杯地把啤酒当白开水喝。

眼看酒吧就要关门了，我才扶着他颤颤巍巍走出去。

春天的北京晚上依然很冷，凯哥蜷缩着身体靠着我，我生怕他一个不小心吐我怀里。

几阵狂风吹过，马路上都没几个人了，更别说出租车。

我拉着他在路边坐下，他眼神发直，看着地上的单黄线发呆。

我小心翼翼地问，你们这是又怎么了？不一直挺好的吗？

凯哥说，是挺好的，可是总吵架。

我安慰他，哪有情侣不吵架的，你自己别太上心，女孩子嘴巴厉害也是好事，出去不会受人欺负。

凯哥说，那也不能总是我让她吧，我让得已经够多的了。

我问，她到底说什么了？凯哥说，莹莹说已经受够我了，让我走了以后就别回来。

这下轮到我语塞了。

想了想，我给莹莹打了电话，电话里的莹莹语气很着急。

过了半个小时，莹莹从远处跑过来，见了醉醺醺的凯哥就开始哭，你电话也不接，微信也不回，我还以为你不要我了呢？

凯哥抬眼看了看莹莹，微微咧着嘴笑了笑。

怎么会呢？明明是你不要我。

我和莹莹把凯哥扛起来，打了辆车。

莹莹关上车门，把凯哥的手紧紧抓在她手里，我看了看莹莹的表情，心想这件事应该算是解决了，也安心了一些。

良久，莹莹低低地对我说，谢谢你。

我叹口气，没事，你们俩好好的就行。

沉默了一会儿，莹莹说，我也不知道是怎么了，我们俩总是吵架，还总说狠话。

我顿了顿，可能你们还是在磨合期吧。

莹莹说，其实有时话说出口，我也很后悔，看着凯子的表情自己也不忍，但就是在气头上，不说憋得难受，他也吼我，还抬手要打我，你说我们是不是……

我打断莹莹的话，别瞎说，你看凯哥这么难受，就知道他有多爱你。

莹莹说，我也不知道。

就在我想着怎么安慰莹莹的时候，凯哥突然迷迷糊糊地说了一句，我爱你。

我和莹莹都愣了一下，莹莹问，你说什么？

凯哥说，莹莹，我爱你。

我说，你看，我说什么来着？

莹莹露出了害羞的表情，攥着凯哥的手更紧了。

把他们送回家已经快到清晨，下车前我对莹莹说，你们以后吵架归吵架，但狠话还是少说，说多了伤心。

莹莹点点头。

03

　　这两人后来消停了一段时间，我以为他们改邪归正了，有几次约凯哥吃饭他都以工作忙为由挡了回去，听语气也没什么不对劲，我也放心。

　　直到秋天的时候，莹莹突然给我发微信：你知道吗？凯子出国了。

　　我吃了一惊，出国？怎么可能？前几天我们还在说有空去唱歌呢。

　　我赶紧打电话过去，莹莹，你弄错了吧？凯哥会出国？他干吗去了？旅游？工作？

　　莹莹沉默了一会儿，哇的一声哭了出来。

　　他出国了，他去留学了，他不要我了。

　　我赶紧给凯哥打电话，显示已经关机，发了好多条微信也不回复，这个挨千刀的，走之前也不知道跟我说一声，瞒了所有人丢下一个烂摊子就走了。

　　我问莹莹，他为什么突然不吭不响就出国了？你们怎么了？

　　莹莹继续哭，我们分手了。

　　在动物园，我见到了瘦了一圈的莹莹。

　　我突然觉得，我好像很久没有见过他们俩了，也好久没有他们的消息，这一年都过了大半年，我只见了他们两次。

　　明明应该是早有征兆的，明明其实心里早就有了疑问，可我始终不愿意相信他们会分手，他们都是那么好的人，他们情比金坚，他们应该是当代的罗密欧和朱丽叶啊。

我说了好多话来安慰莹莹，莹莹苦笑了一声，罗密欧和朱丽叶不也最后没在一起吗？

我看着莹莹，一时语塞。

我们在动物园里漫无目的地走着，莹莹一语不发，光是盯着各种动物看，也不知道在想些什么，最后我实在走不动了，提议坐下来休息。

莹莹握着饮料的手骨节发白，秋风吹乱了她的头发，看起来楚楚动人。

我忍了忍，问她：你们俩之间到底发生了什么？

莹莹摇摇头。

我问，你不爱他了？莹莹摇摇头。

我问，你出轨了？莹莹摇摇头。

我问，凯哥出轨了？莹莹摇摇头。

我问，凯哥不爱你了？莹莹摇摇头。

我急了，到底是什么意思啊？莹莹眼泪下来了，我不知道，我不知道凯子是不是不爱我了，我不知道我们是怎么了，我们好像就是没有办法继续在一起了。

这下弄得我六神无主了。

莹莹擦了擦眼泪，深深吸了一口气，她说，我们总是吵架，总是为了一些鸡毛蒜皮的小事吵架。

她低着头告诉我，他过生日我送他剃须刀他不满意，埋怨我不关心他；周末他洗碗没有洗干净我说他偷懒不上心；我们的纪念日他竟然忘记了我觉得他不爱我，我们总是为了这些事情吵架。

我说，你们这是作死啊。凯哥怎么也不让着你点，明明知道你就是逗个能。

莹莹说，他让了，我一说他，他就不说话不吭声，我就觉得他对我不在意，连辩解都不做，只是埋头干活的时候把东西摔得啪啪响，他不说话但是用自己的方式在抗议。

我看着莹莹，那你应该让着他点啊，凯哥是个男人，也是要自尊的，你不能无休止地挑剔他。

莹莹委屈地看了我一眼，我让了，我真的让了，他出去喝酒我不管，他总是玩游戏我也不管，他不洗澡就睡觉我也忍了，你还让我怎么办？

说着莹莹又哭了起来，我只要稍微一说他，他就说我干涉他，不给他独立的生活空间，不让他自由，不尊重他的意愿，可是两个人在一起彼此什么都不干涉，那还叫情侣吗？

一时间，我不知道该怎么回答她。

04

秋天的夜晚总是来得特别早，没过六点，天都已经半黑了。

我和莹莹说一会儿话，沉默了一会儿，从动物园出来，我们去吃肯德基，我手机响了起来，是凯哥回复的微信，很简单的三个字：你找我？

　　我噼里啪啦打了一堆字过去，我先不骂你出国也不告诉我，但是你丢下莹莹就这么走了是不是太不负责任了，你作为一个大老爷们儿远走他乡这叫不负责你知道吗？莹莹为了你都瘦了一大圈了，你不能就这么不管不顾啊！

　　过了一会儿，手机屏幕亮了起来，也只有简短的一句话——是她和我提的分手。

　　这我倒是没想到……

　　我把手机递给莹莹看，她盯着看了许久，然后默默点了点头。

　　我在心里默默翻个白眼，你哭成这样我还以为是凯哥抛弃你了呢？敢情是你始乱终弃啊。

　　莹莹咧了咧嘴，没有否认。

　　她问我，你知道吗？有一种分手，就是我也爱着你，你也爱着我，但是我们没有办法再继续走下去了，吵架吵到了精疲力竭，爱也被消耗殆尽，这不是有人插足，是自己把爱送上了绝路，这种隔阂，没有办法消除，最后只能分手。

　　我认真地看着莹莹，说，我懂。

　　莹莹低下头，一滴泪落在桌子上，我和凯子，就是这样子的。

　　分手这件事可怕就在这种地方，如果是有人干涉，那么归根结底是一方的责任，总有一方理直气壮，但没有外界干扰的隔阂，与爱的忠诚无关，只关乎爱的方式，只在乎两人之间的相处，最后的结局和苦果，只有自己吞咽，无论多苦，无论多难，都是咎由自取。

我告诉莹莹，其实你还有可以挽回的余地，难道你们就没有试试？

莹莹点点头，试过了，我和凯子都试过了，没有用。

我疑惑，怎么会？

莹莹说，我们意识到了问题的所在，我们也真的竭尽全力去改，但有些问题不是回避就可以解决的，我们之间已经有了矛盾和隔阂，不是用几句甜言蜜语就可以填补。

莹莹顿了顿，继续说：裂缝太大了，大到里面灌满了风，就把我们吹散了。

我遗憾地说，我以为只要有爱，就一切问题都可以解决。

莹莹摇摇头，你把爱情想得太简单了。

也许吧，如果有了隔阂，或许爱中就只剩下它了。

莹莹告诉我，凯哥曾经说，后来他只要到下班时间就心情沉重，一想到回家就要面对着莹莹，就觉得又羞愧又难挨，羞愧的是或许要说言不由衷的情话，难挨的是明明有隔阂却总要视而不见。

莹莹说，我们不是不爱了，而是不知道该怎么爱了。或许分手就是最好的选择，趁着还没撕破脸，趁着还有一些美好的回忆。

我良久无言，手机屏幕再次亮了起来，我和莹莹同时看了过去。

是凯哥发来的信息，他说：你什么都别问，只是我们都累了，就散了，对彼此都好。

看到这句话，莹莹又哭出了声。

她一直喃喃地说，都怪我，都怪我，都是我最后说的那句话，让他最后下定了决心，都怪我，其实都怪我……

我问莹莹，你最后说什么了？

莹莹含着眼泪告诉我，那句话是——

你走了之后就别回来，永远别回来！

时间会筛选出你想要的人

米姐这个称呼是我因某个玩笑给她起的外号。

她是我之前工作时的同事，我们共事一年，她性格大大咧咧，人缘很好。

大家聚会她一定是最活跃的那位，照顾别人炒热气氛，人神同爱，如鱼得水。

但就算是米姐，就算是金刚般的女汉子，也是要谈恋爱找男朋友的啊。

01

米姐的初恋开始于高一，相比现在早熟的孩子，她的爱情启蒙有点晚。

第一位男朋友是她的同桌，当时米姐要把他介绍给自己的好朋友，结果男生和她表白，然后两个人就在一起了。

男生家境不错，但父母离异，父亲给他找了一个年轻的后妈，买了新房子，然后雇了一个保姆照顾他。

米姐和他总是中午被男生父亲的车子接去他家里吃饭，晚上男生就骑自行车送米姐回家，

偶尔逃课逛街看电影，周末逛逛公园。

那时米姐就像一个大人一样觉得，就这样安安稳稳过日子挺好。

他们在一起两年，两年米姐的生日他们都没有在一起度过。

男生爱打篮球，第一年米姐的生日当天男生打球骨折受伤。

第二年生日的前一个星期男生还兴致勃勃带着米姐挑礼物，后来男生和其他女生在一起。

生日前他们就分手了。

至此米姐的初恋宣告结束，但也由此开始，在她的恋爱史里，出现了一个让她至今都深深懊恼的怪圈。

02

米姐的第二位男友是比她大一届的篮球校队学长。

男生当着其他队友的面对米姐表白，她几乎没做什么考虑就答应了他。

后来米姐告诉我，当时之所以答应他，是单纯觉得他很帅，但后来才发现他人比较强势，属于阳光型男的外表、腹黑阴暗的内心。

但米姐当时觉得也还不错，她本身就不是爱操心的性格，习惯接受

多过尝试。

正好有一位强势的男友帮她打点好一切，也满省心。

和所有青春小说中的恋爱描写一样，米姐早晨给男生买早饭，陪他晨练。

上午出操男生带米姐逃课，中午带她吃饭。下午米姐拿着男生爱喝的饮料和毛巾，站在球场边上看他打球，挥洒青春和热血。他们也经常去当时非常流行的游戏厅玩，在一起的时光过得不算顺利倒也简单开心。

然后米姐又一次像大人一样觉得，嗯，日子这么过下去，也挺好吧。

米姐的生日前夕男生的训练渐渐多了起来，见面的机会少了。

但他们总是发信息联络，男生也保证等到比赛回来就给米姐补过生日。

可是慢慢地米姐才察觉不对劲，训练场上总是没有男生的身影，也联系不上他。

直到队友告诉米姐，原来男生在比赛的时候认识了一位别的学校的女孩，他们在一起了。

米姐说，我后来见到了那个女孩子，高高瘦瘦，可漂亮呢，我知道我比不过人家，我也就认了。

03

隔了三年，米姐的又一段恋情开始在大三。

她的那位男朋友我见过，个子不高，戴着眼镜，看着挺斯文。

他们的相识是因为打麻将，但男生女生的那点事不细说你也懂的，男生的表白恰如之前开始，但米姐这一次却再三拒绝。

但她告诉我，在接二连三拒绝他之后，却发现已经习惯了他的存在，习惯找他说话，习惯给他打电话，习惯与他倾诉心事。

他们认识后米姐的第一个生日因为再次拒绝而错过。

后来男生假期从外地学校回来，在米姐家楼下再次告白，她最终还是接受了。

之后第二个生日因为各自都忙着实习落空，但那段时间他们在一起都没有吵过架，米姐感觉特别踏实。

米姐这一次没有想其他，只是觉得他们的日子还有很长很长，长到不用在乎某一年的生日。

大学毕业米姐工作了。

她去男生的外地学校看他，觉得让男生花钱过意不去，把自己攒的钱都给了他。

但男生却因为这件事和她大吵了一架，觉得米姐看轻了自己。

之后男生以准备考研为由，与她联系淡了许多。

第三年的生日就在面临毕业选择和不太愉快的气氛中阴差阳错地度过，直到米姐发现男生和他前女友又开始频繁联系。

虽然男生一直解释，但她明白，他们回不去了。

在分手之后男生做了一件很傻的事情，到处宣扬他们的分手是因为米姐的同事 Y 的插足。

米姐一怒之下删掉了男生所有的联系方式。

过年假期里男生破天荒发来短信问候，说你要好好和 Y 在一起。

米姐才知道，原来是他。

04

Z 先生是米姐第四位男友，但很遗憾，也是前男友。

他们是同事，Z 先生是从大城市回来的，心比天高，有野心有想法。

在培训时坐在米姐后面，因为一杯菊花茶的玩笑两人开始彼此熟悉。

久而久之，就连神经大条的同事都觉得他们在一起很合适。

米姐和 Z 先生在一起并不像之前那样的男生表白，而是他们相约去看电影。

在路上开车的 Z 先生突然说大家都觉得我们在一起合适，你觉得呢？

米姐歪着头想了想，好像没什么不合适。后来在必胜客，Z 先生看着她，要不然在一起试试？

米姐思量一下，好吧。

米姐告诉我，一开始我们还挺好，但后来我怀疑他是否心里有我。

我真的看不透他的内心，不知道他每天在想什么。

就好像他就在我的对面，我们在说话在吃饭在逛街在看电影，但我始终觉得自己走不进他的内心，我根本靠近不了他。

不知道是他的内心封闭得太死，还是根本没有对我打开。

Z先生曾经对米姐说，在爱情路上我走得比你快哦，你要抓紧追我。

后来米姐在分手时对Z先生说，在爱情的路上我追赶上你了，甚至远远超过了你。

不是我走得太快，而是你。

太慢了。

他们在一起时米姐的生日因为Z先生的离开又一次幻灭了。

Z先生最终决定去北京完成自己的梦想与野心，他曾经征求过许多人的意见，唯独没有问过米姐。

就好像电影《致青春》里，陈孝正的离开郑微是最后一个知道的一样。

Z先生办理好停职手续准备离开的前几天，米姐才突然知道了这样的消息。

米姐说，我找他好好谈过，沟通过，甚至是求过他。

我不反对他走，我知道这里留不住他，但这和要与我分手不是一回事。

我说我们继续在一起，我可以等你，我甚至愿意和你一起去北京。

但是他直到离开，都没有给我一个答复。

她说，我就知道，我们结束了，并且结束得非常懦弱。

05

这就是米姐迄今为止的四段恋爱。

米姐告诉我她现在已经对爱情无所谓了，用个流行的说法就是"累觉不爱"。

能遇到就遇到，最好是他自己能来，她真的累了。

就好像这么多年的过生日和过节一样，换了好几个男朋友，可总是那么巧合，一个生日都没有过成。

不是人的问题，是命，命中注定感情不顺。

我半开玩笑说你已经比很多人幸福了，万一遇到人渣不得哭死。

米姐说，就是我没有遇到什么人渣，也要怪命不顺，都没有可以哭死的理由，这才憋屈得难受。

我良久无语。

米姐最后说，我消失了这么多年的青春，连一个生日都没有过到。

听完了米姐的故事，我在想，这个世界上的爱情大多平凡简单，有些人遇到相知和相许，有些人携手陪伴和分离。

其实本没有那么多跌宕起伏的情节和分崩离析的爱恨，也不可能人人都遇到狼心狗肺的人渣，但就算是这种平凡生活中遇到的平凡人平凡事，也足以痛彻心扉，让人难受。

喜欢一个人，不是因为他给了我们所需要的东西，而是那个人，给予了我们之前从未有过的感受。

米姐后来告诉我，这四个人就像是我的四季，爱的四季，一个人都代表一个季节。

我问她，那你后悔遇到了这些人遇到你的四季吗？

她说，不，不后悔。我觉得自己已经很幸运了，也挺幸福的，至少我没有遇到人渣，而且让我回忆的话，都还是非常美好的经历。

那就是了，曾经我们遇到某一个人，或许他不符合你对完美所有的期待，但是生命就是要用在这些相遇的事情上，不管是美好还是灰暗，生命一定要浪费在这些遇见里，而爱同样也是如此，只有你不断遇到那些不完美，才可以最终邂逅属于自己真正的完美。

曾经的世界被照耀过，后来那些丢盔弃甲的时候已经不再重要，那些因为爱争吵流泪的日子也不再重要，因为这样那样的原因已经成为过去，主动放弃也好，被迫离开也罢，都已经成为温暖时光的一簇火花。

岁月漫过回忆，只有在历经了时间的洗刷，你才能变成更好的人，而一个更好的人，值得遇到，和你一样，更好的那个他。

不要因为错过而无谓的叹息，就算没有一起过生日也不要相信什么命运的捉弄。

你错过的那些人，你没有经历过的甜蜜生日，命运一定会在以后加倍补偿给你。

只有你不断地错过，才能遇到对的人。

人人都会错过，人人都曾经错过，但请记住，真正属于你的那个人，属于你的生日，永远都不会错过。

　　时间会教会你感恩，时间会教会你原谅，时间会教会你，人生的相遇和那个人的到来，都是非常寻常的事情，只要你愿意相信爱，只要你愿意为了那个人一直朝前走，那么时间一定会筛选出你想要的人。

　　你知道，生活本来就比什么电影小说来得精彩，不是因为故事情节多么的动人，而是在那些看似简单的暗流之下，有如此充沛和真挚的感情。

　　那些曾经错过的一切时间迟早都会给我们答案，你想到的，总会到来。

　　虽然缓慢，但是，总会到来。

　　我们能做的，就是在遇到爱时用力去爱，要分开也要想得开，所有的爱恨最终都会与我们殊途同归，明白了爱，也不枉费我们在这爱中轰轰烈烈地痴狂。

　　祝福米姐。

　　曾经是他们给你的时光，时光也会筛选出你想要的人的模样。

Part 4
第四章

霸道少年你如风

那一年，当韩飞参加学校运动会百米赛跑时，我坐在主席台上气鼓鼓地扯着嗓子喊：看呐！我们班的韩飞第一个冲过了终点！他为五年级六班又一次获得了第一名！

就在当天傍晚，韩飞把我挡在校门口，摊出手问我要钱，说自己饿了要吃烧饼。我揪紧书包盯着他大声说：我没钱！一分都没有！

然后我拔腿就跑，可我哪里是他的对手，没跑几步就被他追上再次围堵，二话不说我们又扭打在一起，后来我顶着一脸的伤痕回家，哭着对家人说，韩飞打的。

第二天一早，我那个做警察的父亲气势汹汹地从抽屉里拿出一把剪刀：你去！拿着剪刀去！把他的小鸡鸡割了！出了事爸爸担着！

我吓得躲在厕所里号啕大哭，任凭怎么叫都不开门去上学。那时我在想，韩飞没有小鸡鸡，以后怎么上厕所……

02

韩飞是我年少时的噩梦。

他从小和外婆生活，住在我家楼下，在小区的同龄孩子里颇有威望，每天屁股后面跟着一群小孩一口一个"飞哥"地叫。他带着自己的小兵耀武扬威，闯了祸自己一溜烟地跑掉，留下他的跟屁虫们站在原地傻眼。

他生得漂亮，眼睛水汪汪，小脸红扑扑，见到长辈会歪着头甜甜地问好，包括我家人在内的邻居都很喜欢他。当时只有我知道他是什么德行，见到大人就卖乖，见到小孩就耍横。我曾经心里愤愤地想，二皮脸都没好下场。

所以，唯独我不服他，马路上遇到，我的脸会迅速扭过；上楼时遇到，会故意撞着肩膀经过；他如果闯祸，我会第一时间告诉他外婆。我拧着性子和他对着干，所以我又一次告状成功后，他把我堵在宿舍楼背后，一脚踢在我的肚子上。

当他外婆和他到我家登门道歉时，我看到他一脸坏笑就知道他没安好心，家人在唠家常，韩飞盯着茶几上的一盒巧克力重重咽了咽口水，母亲见状对他笑着说，喜欢吃巧克力？那你吃啊，多吃点。

于是，我好不容易求母亲给我买来的一盒巧克力，被韩飞吃个精光。我知道他是故意的，我知道他不爱吃巧克力。据父亲后来对我回忆，那一晚我的哭声格外嘹亮。

从那时起，我和他的斗争进入了白热化。他是班长，我是中队长。

他是体育委员，我是文艺委员。他是班级的领队，我是班级的旗手。他参加运动会，我是广播员。他数学考一百分，我语文也要满分。他在学生间有威望，我就是老师的好学生。

他依然带着一群同学在校门口外的角落里做坏事，问同学要钱，拿他们的零食和玩具，还威胁他们不许告诉家长和老师，偶尔东窗事发把责任推到其他人身上，大家对他又怕又恨，可老师和长辈都很喜欢他。

只有我最清楚他是什么样子，二皮脸！不要脸！

03

在我看来，韩飞只有一个优点，就是跑得快。小时候闯祸第一个开溜，上学上早操第一个跑到位置，运动会只要有关跑步的竞赛总是第一名。体育老师说他是个好苗子要好好栽培他，连校长都摸着他的头夸赞这孩子长大以后会了不起。

几乎全校都知道我和韩飞水火不容，老师私下里找我们谈话，要搞好同学关系，韩飞一边道歉一边流泪，出了办公室门就对我做个鬼脸，把我推到地上跑开，我对他的厌恶简直罄竹难书。

小学最后一届运动会，当韩飞又一次取得第一名，坐在主席台上的我关上麦克风，重重甩下稿子，又是韩飞，能不能换个人？跑步又不是只有他行！

晚上他和几个初中生模样的人把我堵在校门口，摊开手问我要钱，我正在气头上，先动手打了对面那个最高的人。一群人七手八脚地把我摁倒在地拳打脚踢，韩飞站在外围大声喊，你们住手！别打他！

他拨开人群把我从地上拉起来，我的脸上已经布满黑青和血印，他连忙拍着我身上的土说，你没事吧？有没有怎样？我恶狠狠地盯着他，冷不丁朝着他的脸重重挥了拳头。

晚上我回到家，故意哭得惊天动地，指着脸上的伤痕对父母说，这些，都是韩飞打的！母亲忙着给我找消毒水和创可贴，父亲暴跳如雷。我当时心里美滋滋地想，终于报仇了，可是第二天看到父亲拿出剪刀塞给我，我吓得躲进了卫生间。

结果我还是被父亲拉着去上学，韩飞带着一眼的乌青在收作业，我放下书包他走过来对我说，我没有告诉家人你打我，我说我自己磕的，放心。猫哭耗子假慈悲，我狠狠地瞪了他一眼，心里对他却有一丝感激。

那时我们都还年少，曾经我觉得，就这样过下去了，长大离我们很遥远。我觉得，韩飞也是这么想的。

04

初中时，我和韩飞依然是同班同学，许是我成熟了一些，关系缓和很多，我的个头依然小，他却长高了很多，脸上开始出现细小的绒毛，声音变粗，他一边嘲笑我像个姑娘不发育，一边拍着我的肩膀说没事，飞哥罩着你。

初中的学业负担骤然增加，可是韩飞却依然轻松，每天放学还要训练，有时我放学去看他，傍晚阳光温暖美好，他穿着短裤背心跑来跑去，像是一支弦上的箭。我想，他变得和曾经不一样了。

记得某个黄昏，他训练完毕我和我坐在操场边上，看着空无一人的草地和跑道发呆。那时还不流行谈论梦想，我问他，你将来要做什么？他反问我，你想做什么？我愣了一下，说不知道。他笑了，你就是个糊涂蛋，我早就想过了，我要去做运动员，今天教练还说我有天赋，好好训练肯定能成。我点点头，你肯定行，小时候你就跑得特别快。

他眼睛闪了一下，指着前方对我说，但是，跑来跑去，都是绕着这个场子，永远跑不出去，有时候我在想，校门口外面的立交桥下的马路，到底通到哪里，翻过我们经常看到的山，山的背后有什么，我都想去看看。

良久，我们都没有说话。后来他从书包的里侧掏出一包皱皱巴巴的烟，抽出一根递给我。我犹豫了一下接过去，装作熟练地把烟塞进嘴里，重重地吸一口，然后被呛得大声咳嗽，脑子里一阵缺氧头晕，韩飞在旁边笑岔了气。

然后我们七嘴八舌讨论各自喜欢的明星、讨厌的老师，很晚我才站起来拍拍身上的土，好饿啊，回家吃饭啦。韩飞仗义地说，走，我们去吃羊肉串！我说我没钱，他说他也没有，但是他有办法。

我和他站在校门口外面的角落，我躲在他的身后，感觉心都要跳出来了，我一直劝他说还是回家吧。终于等到从教学楼里走出来两个低年级的学生，韩飞说，你跟我来。我躲在离他半米远的地方，尽量把自己的脸藏在阴影里。韩飞一张双臂挡住那两个学生，站住！

　　当我们站在羊肉串摊前，一人二十串吃得满嘴冒油时，韩飞大笑地问我，爽吗？刺激吗？我被辣椒辣得说不出话，只能重重点头。只是当时我不知道，他问的究竟是要钱爽，还是羊肉串刺激。

05

　　后来，我和韩飞越走越近，他成立了帮派，取了一个名字叫"飞帮"。他参加市里的运动会拿了第一名，被省队挑中去训练，他拿了国家三级运动员的证书请我们喝酒，当然钱也是围堵要来的。

　　那时的我，几乎盲从地跟着他参与了种种事件，抽烟、打架、偷车牌、卖游戏币、卖点卡，我心里很清楚这些事情不对，偶尔也会很纠结和矛盾，但只要他一声招呼，我却像是着了魔一样。

　　但韩飞是一个清醒的人，他对我说，胡闹可以，正事不能丢。所以我们的成绩依然是拔尖，而他更胜于我，我们会相互温习补课，扮演家长的好孩子、老师的好学生，我觉得韩飞说得对，这样过日子真的很刺激，而且有劲儿。

　　中考前一个月的那天，韩飞一脸青紫地走进教室，坐在我身边郑重其事地问我，是不是我的好兄弟？我点点头，怎么了？他猛地站起身，隔壁学校的那个土包子竟然说我没脑子，骂我头脑简单四肢发达。我们约了群架，你来不来？

　　我一时为难，算了吧，马上中考了，你也别惹事，骂你又不会怎样。他一拍桌子，骂我就是骂你，也是骂我家人，骂你家人，太不是个东西，不给他个教训他就不知道自己是谁。这架是干定了，你必须来帮我，不然我就和你绝交！

　　左右劝说不成，我点点头，我去，需要带什么家伙吗？他摇头，不用，你就负责壮气势，其他的我和兄弟们解决。

　　那一天傍晚在我的记忆里永远无法抹去，曾经我觉得它是我整个人生的转折点，也是我从梦里惊醒的时刻。我曾经觉得，韩飞，这个人，这个我从小讨厌现在跟从的人，其实完全改变了我，甚至摧毁了我。

　　那天的群架相互撕扯的影像依然清晰地停留在脑海里，韩飞像是疯了一样朝着对方挥舞拳头，我站在外围看着他给他扯着嗓子喊，而当我看到他从怀里掏出一把长刀，重重刺进对方的身体里，我终于惊呆地失了声。

　　韩飞被一群人按倒在地动弹不得，我推开人群去拉，他被人按着的头艰难地扭过来，对着我大喊：跑！跑啊！我被吓得站在原地不动，他又喊：你跑啊！你倒是跑啊！

　　我回过神来，用尽全力挣脱开拉住我的人，头也不回拼命地跑回家。

　　一回家就看到焦急等待的父母，我号啕大哭，上气不接下气地说，他让我跑……为什么他让我跑……他明明跑得比我快……怎么让我跑……我跑不动啊……

　　哭到最后实在没有了力气，只能拉住父亲一遍遍沙哑地嘟囔：你救救他。

06

打架事件很快传得沸沸扬扬，因为性质恶劣，惊动了教育局和电视台，有记者来采访，有教委领导来训话。父亲气得把我暴打一顿，严禁我出门，母亲以泪洗面，反复说我不争气。

被韩飞刺伤的那个人住进了医院，所幸没有伤到重要内脏，但大出血，断了三根肋骨，估计会有后遗症，他的家人和同学站在病床前对来访的记者添油加醋地描述，所有的人都说韩飞太狠了，狠到铁石心肠。

学校召开大会，我作为群架头目之一站在主席台上，听着校长义正词严的批斗，韩飞被送去少管所，所有参与打架的兄弟，都说自己是被威胁迫不得已，只有我实话实说是我自己愿意参加的。

我最终被学校记大过，被教育局取消中考资格。听到消息的一刹那，我感觉自己的世界完全崩塌了，那几天我不吃不喝，躲在家里不愿见人，抑制不住内心熊熊燃烧的火焰，发疯一样地恨他。

之后，我见到了韩飞的外婆，老人家颤颤巍巍坐在沙发上，对着我和家人以泪洗面，反复道歉。良久，母亲叹了口气，都是孩子，犯了过错，不怨谁，只怪自己的孩子黑白不分是非不明，有个教训也好。

老人从口袋里掏出一个纸包，里面有一沓钱，她对父亲说，韩飞要被少管所判两年，这个孩子我知道，心地不坏，就是蒙了心，我知道你是警察，求求你帮忙，说句好话，让他们少判点，他还小，他只是个孩子……

父亲有些为难，微微一皱眉，这……我也不管少年犯罪，递不上话，再说这是法律规定，怎么是我一句话就能更改的，韩飞把人家弄成重伤，两年都是轻的处罚。

老人眼泪又下来了，重重叹了口气，韩飞的父母离婚早，他们狠心谁都不要这个孩子，是我从小把他带大，这孩子从小就爱惹祸，但很孝顺。是我没有管教好他，我知道他犯了大错，还拖累了你家孩子，只是觍着老脸来求你们……

外婆一抹泪，作势就要跪下，家人赶忙扶起，母亲也从中相劝，父亲点点头，我尽力。

07

因为没有参加中考，市里的高中不可能录取我，父亲找了许多关系，终于在一个县城的高中求来一个借读生的身份。就这样，我独自一人带着行李离开家，到一百公里外的县城，开始了我的高中生活。

在县城的生活很平淡，我终日埋头读书，和同学交流很少，也不主动结交朋友，每天独来独往，有时我会想起初中的那些时光，想起韩飞，曾经对他的埋怨和恨意逐渐消散，我知道，这不怪他，这是我的选择。

因为父亲的游说帮忙和韩飞在少管所的优异表现，他被减免一年刑责，提前释放。父亲给我打电话，我要去接韩飞，你去吗？我有点疑惑，他外婆呢？父亲顿了顿，他外婆几个月前去世了。

我愣住了，一时间没有说话，父亲又问，你去吗？韩飞说特别想见你。我说，不去。

后来父亲告诉我，那天接韩飞出来，他瘦了很多，他看到我没去非常伤心，一直都在不停地道歉，不停地问，叔叔，他是不是恨我？他是不是还在恨我？

我默默无语，挂了电话，站在宿舍楼的背后痛哭了一场。心想，哭完这次，我就原谅你了。哭完这次，我就和你没有任何关系，兄弟一场，我们两清。

自那以后，我更加勤奋读书，考上了重点大学，父亲说我打了一个漂亮的翻身仗，当年的老师和同学都来祝贺我的重生。只有我郁郁寡欢，在去北京的前一夜，我终于忍不住问父亲：韩飞呢？

父亲看了我一眼，他那年一回来就搬走了，你不知道？我摇摇头，那他现在在哪里？父亲摇摇头，我不知道。

08

时光一晃而过，转眼我毕业近六年了。我再没有见过韩飞，也没有他的任何消息，这个人像是水蒸气一样消失得无影无踪。我曾经和许多朋友聊起年少时光，我都会说，我小时候，有那么一个家伙……

　　然后话语就被生生卡在那里，我不知该如何回忆，甚至怀疑是否是记忆出了差错，真的有这样的一个人存在过吗？朋友们会期待地望着我问，谁啊？然后呢？我都会摆摆手，不对，我记错了，是另外一个人。

　　今年 8 月，我决定在人人网同步更新文章，多年前曾跟风注册过却很少登录，当我找回密码登录进页面，看到了将近 300 条的私信提醒，我好奇地点进去看，是清一色的头像和名字，这时我才真正将真实和记忆画上等号，原来真的有这个人，原来他真的存在于我的年少时光，是韩飞。

　　我不知道是什么时候通过他的好友申请，或许是当时一顺手没看清，我用了一个晚上将私信看完，曾经的记忆翻涌而来，那些被我遗忘或者故意屏蔽的往事，一点点浮上水面，撩动开身影，它们苏醒了。

　　——我去找过你，可是你们学校太严了根本不让进，我问过你爸你的地址，他不告诉我。

　　——我把自己的电话留给你，你看到就回复我一个，我很想当面跟你道歉。

　　——我觉得我就是个人渣，我就应该去死，我死了心里就舒坦了。

　　——这些年你过得好不好？我一直都在关注你，但不敢贸然联系你，我也是有点害怕。

　　——你比以前更加优秀了，我觉得心安许多，你是不是还在恨我？

　　……

　　最后一条私信是在 8 月 3 日，他写：我要在中秋节结婚了，我好想邀请你参加我的婚礼，也很想见你，我的电话是 ××××，你打给我，一定一定。

关上电脑，我发现自己的脸上湿漉漉的，泪眼模糊中，我仿佛又看到了当年的他和自己，我们坐在操场边上，聊着自己的理想，我像是望着偶像一样看着他滔滔不绝。他的时光，与我几乎重叠了十年。

想了良久，我拨通了他的电话。里面是一个陌生的声音，喂，你好。我说，你好，是韩飞吗？他很客气，对，是我，请问您是哪位？我一时语塞，他又问，喂？您还在吗？您是哪位？

我说，是我。

09

九月初，我回家过中秋节，时隔十三年，我又一次见到了韩飞，那个我记忆中年少的霸道少年，我曾经的噩梦。

韩飞已经变了样子，看起来很精神，脸上刚毅的线条和高大的身姿把他衬托得格外硬朗，但我也已不再是当年的少年，他仰着头看我，我的天！你怎么长得这么高！

我们在酒吧喝酒，我问他现在在做什么。他说开了一个体校，教小孩子跑步和体操。我赞许地说，真好，你还在做这个。他点点头，别的也都不会，也就是运动细胞一直强盛。我说，不用妄自菲薄，你真的很有天赋，这样也挺好。

我们一杯接一杯喝酒，后来他有点微醺，拉着我絮叨，我对不住你，当年要不是我，你也不会白吃苦头，兄弟一场，我是亏待你了。不过看到你现在这么好，我是打心底为你高兴，我是混蛋，又胆小，但我不能忘记自己的错，我非要当面和你道歉。

我给他倒满酒，都过去了就不提了，你这些年过得怎样？当年为什么搬家？他轻描淡写地说，当年外婆去世了，我也没脸见街坊邻居，就搬走了，没法上学，没法找工作，就天南海北地闯，做点临时工，后来遇到当年省队的老师，推荐我去当教练，这才有了奔头。

我看着他笑着说，这些年你也变了，不再是以前那个浑小子，那么霸道。他自嘲地大笑，我早就想明白了，霸道又不是任性斗狠，逞一时痛快，是得学会担责任，学会为别人考虑，也要对得起家人，对得起自己。

我点点头，那个帮你的老师就是你的恩师，你要好好感谢人家。

他拍着我的肩膀，你也是我的恩人，你爸也是我的恩人，没有你们，就没有我的今天。

10

那天，韩飞临走时哭了，哭得很伤心，他半醒半醉地不停道歉，不停地埋怨自己，我终于明白这些年他不好过，他比我更加有心结，他内心的那些隐藏的秘密和伤痛，都在折磨和提醒着他，一直都没有过去。

他哭着不停地问我：你是不是真的恨我？你是不是还在恨我？

我突然想起多年前，当他仰着头把满分的试卷抖得哗哗响，得意扬扬地对我说，怎么样？我这次考试又考过你了，你恨不恨我啊？我生气地瞪他一眼，恨，恨不得你赶快去死。

那时，能够去外面世界，是韩飞的愿望；那时，能够顺利成长，是我的愿望。可世事难料，我们经历了那么多波折和弯路，我们也曾经彼此相聚又分离，但好在一切都已尘埃落定，你有你的生活，我有我的方向。

你依然是当年如风的霸道少年，只是少了莽撞。而我，面对岁月荒唐，学会了抵挡。

我笑着对他说，都过去了，我不恨你，我们都有错。

是的，我们都有错。

你错在以为青春不老、黑夜漫长、年少轻狂。

我错在把年少的某个经历当作整个人生的模样。

如风的霸道少年
——《霸道少年你如风》番外篇

在写完《霸道少年你如风》后，有些读者感怀于书中的情谊，提议让我把这个真实的故事改写为男女之间的往事，想来觉得有趣，于是写下了这篇番外，博君一乐。

——写在前面

时间催人老，时间也让青春变得荒凉，青春已近末路，又怎能和你一起，再次踏上无法回头的归途。你是她的梦，你是顾晨永远无法抵达的梦。

多少年就这样过去了，有时顾晨在想，你像是一片广阔的大海，我的生命曾经与你交织缠绕，我像是蜿蜒的小河，却最终没能汇入你的波澜壮阔，一条分支引导顾晨，流向了他乡。

01

十三年后，当顾晨和路羽又一次站在曾经的初中的校园门口，一时觉得胸口里像是灌满了铅，沉重得透不过气。秋天下午的阳光温煦，照在身上暖洋洋的，云层低低地浮动在头顶的天空，校园里安静得很，一切都仿佛是多年前的模样。

路羽站在顾晨身边，阳光打在他的侧脸上，他低低地说，好像一切都没有变。顾晨点点头，就和那个时候一样。

可是，怎么会没有变呢？曾经尘土飞扬的操场变成了橡胶体育场，曾经破旧的教学楼被粉刷一新，就连当初那个咯吱作响的栏杆，都换成了声控的自动铁门，传达室变成了警务站，一个穿着警服的人警惕地望着顾晨。

顾晨伸手拉拉路羽，我们走吧。绕过学校，走过一条窄街，就来到了当年的胡同，路羽眯着眼睛张望，然后扭过头说，我还是第一次来到这里。顾晨有点惊讶，这些年你一次都没有回来过？他看着顾晨的眼睛，没有。

胡同没有怎么变过，满眼都是流动的绿色，阳光投下它可以到达的地方，不远处的出租车停靠在路边，司机打开车门抽烟，周边的小商铺还在，偶尔有路人擦身而过，空气里是午后特有的慵懒节奏，把时间也拉得缓慢悠长。

那天晚上，就是在这里，路羽被人按倒在地，他艰难地转过头对顾晨喊，跑啊！快跑啊！结果，顾晨真的跑了。十三年过去了，顾晨再也没有回来。

顾晨像是做了一场梦，一切恍惚地回到了多年前，早晨她走进教室坐下，路羽一边看书一边将课桌上的一瓶牛奶推过来，没有看顾晨，也没有说话，顾晨习以为常地打开瓶盖，喝掉一半，然后又推给他，他接过去仰头喝掉又一半，舔舔嘴唇，然后看着顾晨嘴边的牛奶白渍，咯咯地笑了。

那个时候的阳光好像和现在一样温暖，年少的剪影停留在顾晨的脑海里，一半陷入阴影，一半被阳光照耀。

02

可是，从小顾晨就不明白，为什么路羽总要欺负她。

路羽是他们那个小区的孩子王，每天都有一群男孩女孩跟在他后面，称他是羽哥。唯独顾晨不服他，他几乎什么都比顾晨好，但顾晨作为一个女孩子凭什么要和他混在一起？

当路羽又一次挡在顾晨面前，手里举着不知哪儿捡来的棒子，威胁顾晨叫他羽哥，顾晨抬起头瞪他，我干吗要叫你？你这么欺负一个女孩子你也算是哥？

他坏坏地笑了，因为我可以保护你呀！这样如瘟神一般的人顾晨唯恐躲之不及，所以当顾晨上初中看到她又和路羽同班，竟然还是同桌时，顾晨的白眼可以直接翻到后脚跟。

路羽当上了班长，只有顾晨一个人理直气壮地将票投给了别人，看着他站在讲台上对顾晨瞪眼睛，顾晨心里别提多痛快了。下学后顾晨提起书包准备回家，路羽拉着顾晨不撒手，去哪儿？谁让你不选我做班长？

顾晨狠狠甩开他的手说，你以为谁都像你那么幼稚？说完顾晨撒腿就跑，路羽在后面追，整个学校的走廊都响起了急匆匆的脚步声，顾晨正回头看追她的路羽，突然撞到什么眼前一黑摔倒在地，龇牙咧嘴地站起来，是一个高中生模样的人。路羽跑过来嘟囔了一句对不起，拽起顾晨噔噔噔下楼了。

一直跑到学校外面的车棚，他才松开顾晨站在原地喘着粗气，顾晨也瘫坐在地上，上气不接下气地问他，你干吗拉着我跑？我根本跑不过你。他兴冲冲地说，傻瓜，那是其他学校的李磊，是出了名的混混，你撞了他不跑等着挨揍啊。

顾晨也没好气，谁说我会挨揍？我不信他会和你一样欺负一个女生，我看是你胆小。路羽气得瞪圆了眼睛，我胆小？我从小就梦想着要做黑社会老大，天底下没有我害怕的东西！顾晨一下笑出了声，没怕的？他笃定地点头，对，没怕的！

顾晨站起来拍拍身上的土，我考试分数比你高，你怕不怕？路羽像是生吞了一个鸡蛋，脸涨得通红，一句话也说不出来。

03

命运就是这么邪门，越是想远离，就越是抬头不见低头见，每天看着路羽嬉皮笑脸的表情，顾晨经常忍不住在课桌底下伸手狠狠揍他一拳。但终日朝夕相处，顾晨却一天天和他熟悉了起来，顾晨发现他没有想象的那么跋扈，有时气恼又无处发泄的表情也会经常逗得顾晨开怀大笑。

渐渐地，路羽和顾晨成了朋友，几乎每天一起上学，下学，上早操，他帮顾晨买水，带顾晨逃课，背顾晨翻墙，有人欺负顾晨帮她出头。顾晨有时问他，为什么要和我成为朋友？他都笑着说，把你当妹妹看，想保护你啊。顾晨都不再搭话，找不出理由反驳。

每周一三五他会在放学后去体育部训练，那天顾晨照旧坐在操场边等他，帮他看衣服，就着黄昏的夕阳看书背单词，那段时间，成为一天里最安静的时光，路羽穿着背心和短裤，站在跑道上，神情严肃，眼睛盯着前方，像是一支即将脱弦的箭。

在夕阳即将隐去之前，他训练结束，跑到顾晨面前伸手问顾晨要水喝，夕阳在他的身后，温暖的阳光在他身上镶出一道金光，路羽仰起头大口地喝水，大滴的汗水顺着他的脸颊滑落，微微凸起的喉结一上一下翻动，手臂上泛起的绒毛在阳光下格外清晰，一根根像是蓬勃的青草，顾晨望着他出神，这样的少年又温暖又美好。

后来路羽耍赖想靠在顾晨的背上，顾晨嫌他一身臭汗，他都不依不饶再次靠过来，盯着顾晨看了很久，顾晨诡异地问他干吗，他说，你长得真好看。顾晨说他有病，他郑重其事地点点头，我得保护你。

顾晨感觉到空气里的异样，只能沉默着不说话。后来他说，如果不出意外，我们会直升子弟高中吧？顾晨点点头，应该没差。他叹了口气，真没劲，我不想待在这里了。顾晨推开他问，那你想去哪儿？他没搭话，只是眼睛深邃地望着前面发呆，过了许久他说，我们应该还会是一个班吧？

顾晨笑了笑，那就不一定了。子弟高中有很多分校，我们说不定还不同校呢。他转过头看顾晨，你必须和我同校，还得同班。顾晨愣了一下，你怎么这么霸道？他拽着顾晨的胳膊，你答应我，必须答应我。顾晨被他掐得生疼，只能赶紧说，好好好，我们同校同班，大学一个学校一个班，工作也一个单位，住也住一起，好了吧？

这座城市的夜晚很宁静，没有霓虹灯和喧闹的人群，街道很早就会熄灭路灯，那天回家的时候，周围的街灯突然就那么灭了，顾晨吓了一跳，路羽作势把顾晨揽入怀里，急忙说，你吓到了？没事吧。

路羽身上校服的洗衣粉味道冲进鼻子里，顾晨几乎是被他紧紧箍在了一个定点无法动弹，顾晨压低声音说，你放开我，我要喘不过气来了。他连忙松开替顾晨揉着胳膊，顾晨嘲笑他大惊小怪，他佯装生气骂顾晨不识好歹。

那天顾晨好困，困得感觉站着也能睡着，路羽在顾晨身边絮絮叨叨地说话，像是催眠，低沉的带有愈加恍惚的感染，顾晨漫不经心地听他说话，时不时"嗯"地回答他。临到宿舍楼门前，他说，你今天说的话算数吗？顾晨问，什么话？他有点着急，就是高中大学工作以后都要在一起。顾晨咧了咧嘴摆摆手，算数，算数。他开心地笑了，一言为定哦！

你回去吧，我看着你上楼。然后他上前一步，又抱了一下顾晨。

　　就在那一瞬间，顾晨觉得自己的心跳像是漏了一拍，顾晨走进楼道佯装上楼，然后躲在黑暗的角落里偷偷看他。昏暗的光线里，路羽站在那里抬头张望，他的面容隐没在黑暗里，看不清楚表情，只是他的眼睛里，有一种格外夺目的光。

04

　　一晃初中的时光接近尾声了，路羽还是那个霸道少年，表面上是老师的好学生，背地里打游戏、偷车牌、打架，顾晨劝了他无数次都没用，好在他的成绩一直都很好，顾晨也不多管。顾晨和路羽朝夕相处，有同学打趣说他找了个老婆，路羽都会一把揽住顾晨的肩膀大笑说对啊这就是我的人。

　　初中会考之前打赌，谁要是分数低，谁就要在学校楼顶大喊我是傻瓜。路羽信誓旦旦地答应了，但真是老天帮顾晨，数学比他多三分，总分比他多一分。那天顾晨拉着不情愿的路羽来到楼顶，他第一次扭扭捏捏像个大姑娘。

　　顾晨指着天空说，来吧，喊吧。路羽抿着嘴不说话。顾晨忍俊不禁，你说，你是不是傻瓜？路羽涨红了脸，我是。

　　顾晨使劲憋住笑，大点儿声，你是不是傻瓜？路羽看顾晨一眼，提了提声音，我是。

顾晨抬高音调故意逗他，大声点，你！是不是——傻——X？路羽也豁出去了，仰起头冲着天空喊：我是！我是——傻——X——

顾晨哈哈大笑，笑得喘不过气，笑得几乎要瘫坐到地上，结果路羽扭过头，一脸严肃地看顾晨，我是傻瓜，所以我才会喜欢你。

顾晨脸上的表情还没来得及收回去，脑子已经嗡的一声停滞住，正不知道怎么办，路羽三步走到顾晨面前，扒着顾晨的肩膀不能动弹，嘴巴凑了上来。

毫无征兆下，他们接吻了。

那是顾晨人生中最漫长的时刻，推不开躲不掉，睁开眼睛惶恐地看着近在咫尺的路羽，身体像是过电一般动弹不得，脑子里一片空白，胸腔里的气都要被抽空。后来顾晨使尽全力推开他，他不可置信地看着顾晨问，你怎么了？顾晨涨红了脸一句话都没有说，然后转身跑下了楼。

路羽在后面喊，你等等！你等一下！你等等我！顾晨没有回头，不知道那时路羽的表情，还有躲在天台不远处角落里一直偷看的李磊。

05

那天晚上顾晨彻底失眠了，那时没有手机，没有网络，只能自己躺在床上翻来覆去睡不着，脑子里像是过电影一般一次次浮现傍晚时的情景，心里乱糟糟像是一团麻线，全部打了死结。天刚蒙蒙亮顾晨就起床，借口值日早早出门了。

　　当最后一声预备铃响起时，顾晨刚进教室全班同学就开始哄堂大笑，顾晨狐疑地看着大家不知其解，路羽坐在座位上深深低着头，老师走进教室拍拍顾晨的背，干吗呢，回你座位上。顾晨这才在大家紧盯的目光里，坐在路羽旁边。

　　老师清了清喉咙压制了教室里的窃窃私语，然后指着顾晨和路羽说，你们俩下课到我办公室来一下。

　　从办公室出来，路羽拉着顾晨到了走廊，顾晨把他推开，是不是你说的？是不是你跟老师和同学说的？路羽摇摇头。顾晨急得快要哭了出来，昨天就你和我在，不是你是谁？

　　路羽看了顾晨一眼，我发誓不是我。顾晨挥起拳头打在他脸上，你撒谎，发誓有什么用！顾晨一边骂一边对他拳打脚踢，他不还手，只是抱着头蹲在地上。再问你最后一遍，是不是你说的。良久，路羽默默地点点头。

　　顾晨深深吸了一口气，为什么？为什么你要这么做？路羽抬起头看顾晨，我以为你也喜欢我。一时间顾晨有点想笑，我不可能喜欢你！

　　路羽猛地站起身来，不是的，你明明就喜欢我，我也喜欢你，我就是要和你在一起，你不答应也要答应！

　　顾晨脑子一热音调也提高了很多，怎么什么都你说了算？为什么你说什么就非要是什么？我告诉你，绝对没有可能！路羽往前靠近了一步，为什么？为什么不行？顾晨一把推开他，因为我讨厌你，我从小就讨厌你，一直都很讨厌你！

路羽的眼睛马上黯淡了下去，你……你一直都讨厌我？顾晨重重点点头，不仅讨厌你，从今天开始，我觉得你恶心！

06

后来，顾晨要求老师给自己调换座位，再也没有和路羽说过话，偶遇他顾晨掉头就走，无视他每天郁郁寡欢的神情，班级里的闲言碎语逐渐消失，可顾晨也孤单了许多，顾晨突然察觉，初中三年里自己最好的朋友，只有路羽。

那天晚自习，一个女生急匆匆走进教室伏在顾晨耳边说，路羽要去打群架了！顾晨一惊，他又去闹什么？女生说，和那个混混李磊啊。顾晨忍不住提高了声音，为什么他们要打架？他怎么招惹李磊了？

女生撇撇嘴，还不是你们那天……的时候，李磊早就都听到了，第二天就给你们传遍了全校。路羽之前招惹过他，李磊这是报复啊。顾晨将自己的拳头握得生紧，你们都知道是李磊说的？那怎么谁都没有告诉过我？

女生的眼泪也要下来了，路羽威胁不让我们说，不想让你去找谁算账，出了事他担着。她刚要反驳就被女生打断了，你还愣着干吗，你要再不去，路羽就要被人打死了！

当顾晨赶到那条胡同时，路羽已经和一群人厮打在一起，顾晨在外围大声喊他的名字，他听到声音回过头，看到顾晨先是惊讶了一下，然后大声吼，你来干吗，快走！顾晨一边推开旁边的人，一边对他喊，你赶快住手！跟我走！快点！

路羽松开提着别人衣领的手要过来拉顾晨，结果被红了眼的李磊踢倒在地，路羽跌跌撞撞爬起来，从怀里抽出一把长刀冲了过去，然后，他把刀插进了李磊的肚子里。

那时顾晨离着路羽只有三米远，周围隔了四五个人，顾晨看着李磊表情痛苦地倒下，看着路羽被一群人按倒在地，看着他脸上的脚印和身上的血迹，一时间全世界都消失了声音，路羽的脸痛苦地转过来对着顾晨，顾晨没有办法听到他在喊什么。

直到有一个人一拳打在顾晨的脸上，顾晨才猛然惊醒，路羽对顾晨大声喊，跑啊！你快跑啊！顾晨！你倒是快跑啊！顾晨回过神来，用尽全力挣脱开拉住她的人，头也不回拼命地跑回家。

那是顾晨最后一次见到路羽，那也是顾晨第一次，觉得喜欢一个人，真的可以拼尽全力，甚至付出自己的生命。

07

打架事件性质恶劣，路羽故意伤人，在少管所拘禁一年，而顾晨作为参与打架又主动承认的头目之一，被取消了中考资格，父亲找关系让顾晨去一所县城的高中借读，路羽从少管所出来那天，顾晨没有去。

听父亲说，路羽哭得没有了力气。他反复地道歉，反复地说对不起。

父亲说，路羽真的想再见你一面，你不见他？顾晨摇摇头，不了，不见了。顾晨一个人躲在教学楼背后痛哭了一场。

曾经的年少时光，曾经的荒唐岁月，都与你有关，流完这些眼泪，以后互不相关，为你再痛哭一场，以后天涯陌路，两清了。

高中毕业、大学毕业、参加工作，一晃十三年过去了，十三年里，顾晨很少想起路羽，他像是一个谜，存在于顾晨不愿意提及的地方，不是觉得可耻，而是羞愧，说到犯错，顾晨又何尝没有？说到解脱，顾晨又何时真正摆脱过？

一切怪年少轻狂，任何事情都无法重来，包括年少时光里的少男少女，包括懵懂的一段感情，包括那些眼泪，包括不知道是否是爱情的那句喜欢。

今年八月，当顾晨时隔多年发现路羽留给自己的 300 条人人网的私信，顾晨心里震惊，他依然还在尝试找到顾晨，他依然还在不断地对顾晨道歉，不断责骂自己，顾晨一边看一边眼泪禁不住流了下来，后来顾晨合上电脑，拨通了路羽留下的电话。

接通电话的他知道是顾晨后一时间说不出话来，顾晨打趣地问他怎么啦，不记得她了？沉默了许久，顾晨听到电话那头，传来低低的哭声。

晚上顾晨躺在床上，又一次失眠了，顾晨第一次回忆起和他曾经年少时相处的点点滴滴，这一路走来的跌跌撞撞，远不比曾经少，但现在想起，曾经的那些自以为的艰难和苦痛，几乎都变成了甜蜜的回忆，那些小情绪、小聪明、小伎俩，都成为可以原谅的事情，包括路羽。

在几百条私信里，最让顾晨难过的是其中的一条——

这些年，没有我保护你，你过得好不好？没有我在你身边，你是不是也觉得不习惯？

08

中秋节前夕再见到路羽时，他大笑地和顾晨拥抱，用力拍着顾晨的肩膀，下午他们去了曾经的学校和胡同，晚上坐在酒吧喝酒，他絮叨地开始回忆曾经和顾晨相处的点点滴滴，讲到最后，他问顾晨，这些事情，你还记得吗？

顾晨沉默地点点头，接着顾晨问起他的工作和这些年的情况，他都一一轻描淡写带过了，只是一杯接一杯地喝酒，一根接一根地抽烟。他苦涩地说，我知道自己是什么德行，混子，没用，冲动，还爱吹牛 X，没办法啊，江山易改本性难移呐。

顾晨扶着他的肩膀，过去的就过去了。他甩开顾晨，怎么可能过得去？！我现在教小孩跑步，看着他们就想起我们小时候，那滋味，你不懂。可是又有什么办法，事情都已经发生了，后果就要承担，那我去承担，你躲开，没关系，可你一躲就是十几年，我自己心里真的不好过。

顾晨抿了抿嘴，心里像是被谁狠狠揪了一下，不知道该说什么，良久，顾晨说，对不起。

路羽笑了，说对不起的该是我，我中秋节就要结婚了，本来还想请你做伴娘，可是也没来得及，为什么我们什么都在错过？为什么我们什么都来不及？

顾晨看着他通红的眼眶沉默了许久，他扳住顾晨的肩膀，一本正经地问顾晨，你真的曾经一点儿都不喜欢我吗？一点儿都没有吗？

顾晨看着他的脸，然后摇摇头，又点点头。

他泄气一般地松开顾晨，我不懂你，这些年过去了，我依然还是不懂你。

09

喝完酒顾晨扶着他跌跌撞撞走在马路上，他几乎整个人都瘫在顾晨身上，顾晨不停地对他说话，让他回家，他都沉默不语，之后顾晨实在累得走不动，和他坐在街边的长椅上，他抬头看着夜空，突然说，那一年，还能看到满天的星星呢。

顾晨顺着他的眼睛看过去，是啊，现在都是雾蒙蒙的，什么都看不到了。路羽说，什么都不一样了，人也变了，街也变了，你也变了，我也变了。顾晨笑着说，是啊，多少年了，我们都长大了。

路羽突然哭了，哭得不可抑制，顾晨从来没有见过一个男人那样哭过，顾晨手忙脚乱地给他找纸巾，他低沉的声音响在耳边，他说，对不起，真的对不起。顾晨拍着他的后背，都过去了，我没事，你也要好好的。

临走前，路羽站在顾晨面前，脸上依然有泪痕，他用哀求的眼睛看着顾晨，我能最后再抱你一下吗？顾晨张开双臂环抱住他，他的身上有酒味，有烟味，还有多年前依稀记着的洗衣粉味道。

他紧紧地抱着顾晨，就像是曾经那般地用力，如果……如果当年，没有发生那件事，你会不会和我在一起？

顾晨沉默了良久，点点头。他说，那现在呢？顾晨闭上眼睛轻轻对他说，太迟了。

太迟了，迟的不是我们都已长大，迟的是时光里的误解早已拉开了鸿沟；迟的不是你我本是无法融合的个体，迟的是岁月侵蚀彼此改变了模样；迟的不是一个人多年的隐忍，迟的是委屈痛苦时无人在身旁。

那天的最后，顾晨把路羽送上出租车，他对顾晨说的最后一句话是，这些年，没有我保护你，你过得好吗？顾晨笑着点点头，我很好，你也会找到你真正需要保护的人，你也会很好。

望着车消失在夜色里，顾晨驻足张望了许久，仿佛是在真正告别曾经的时光，告别那些无畏的情感，告别年少时说不清的伙伴，如果这可以称之为爱，那么，顾晨用了十三年的时光去躲避，又用了今晚的时间，与自己最初的爱，至此说了声再见。

时间催人老，时间也让青春变得荒凉，我的青春已近末路，又怎能和你一起，再次踏上无法回头的归途。那个曾经唯唯诺诺的自己，那个曾经说要保护我的霸道少年，都已如风般逝去，一切都当作一场梦吧，你是我的梦，你是我永远无法抵达的梦。

　　路羽。路羽。

　　春雨秋水，千山暮雪，最后的目送，好自珍重。

　　珍重。珍重。

不同向的风

我上大学之前所有的寒暑假，都是在外婆家度过的。

那个年代没有电脑和网络，手机是大人才能使用的神秘盒子，父母整日忙着工作，思考如何升职加薪，加班也是家常便饭，学校放假他们不能让我终日一个人待在家，于是便把我扔到外婆家。

听母亲说，暑假第一次到外婆家，我的哭声传出了二里地外，和当年第一次去幼儿园哭天喊地的动静差不多。

这个情景是母亲对我说的，我一直不相信，在我印象里，我只要上午学校放假，下午就会收拾东西催着他们送我去外婆家，在我的记忆中，压根没有抵触过这件事，我对母亲说，你瞎说，我特别喜欢外公外婆，我着急回去和他们住。

母亲白了我一眼，这或许是理由，但你主要是去见王凯。

哦，对了，还有王凯。这是我从小的伙伴，母亲不提我差点就忘记了，想想确实有那么一段时日，我在外婆家闭门不出，每天睡到日上三竿，作业也懒得写，喜欢看电视和吃凉皮，每天吆喝外公给我买冰棍，他溺爱我，从来言听计从，可外婆却不乐意。

外婆给母亲打电话，你家这兔崽子每天睡得不起，作业不写，也不爱和其他小朋友玩，咋办？

母亲是个不太爱麻烦的人，给出的建议是，这孩子从小就不乐意和同龄人玩，找个大点的伴，管着他就好了。

于是过了几天，王凯被外婆领到家里，那时我正在睡觉，掀开被子露出眼睛怯生生地看着他问，你是谁？

王凯一瞪眼，我是你妈派来管你的。

02

从小我都是一个小角色，还不讨喜，黑黑的皮肤，小小的眼睛，留着可以看得出头皮的寸头，厚厚的嘴唇总爱张着，因为爱吃糖又不听话，长了一排不整齐的大板牙，学习成绩中下游，不爱好体育，贪吃，又懒。

这都是母亲教训我时说的话，我听完总和她嚷嚷，那都是别人家的小孩，不是我，我心高着呢。那时我觉得同龄小孩没劲透了，整天就是翻洋片打游戏，我宁愿在家看柯南，也不想和他们在土地上玩无聊的游戏。

就是那天，外婆只是在宿舍区遇到邻居的奶奶，闲话家常说了我的事情，于是邻居笑眯眯地从屋里唤出了正在写作业的王凯，被外婆领回了家。

我不记得当时初次见他是什么表情，但绝对被他的眼神唬住，悄悄"哦"了一声就蒙住头，任凭外婆怎么喊都不起床，后来渐渐没有了声音，我好像睡着了，做了一些稀奇古怪的梦，醒来后觉得胸口闷得慌，探出头发现王凯竟然还坐在床边，手里拿着一本书看得津津有味。

当时我觉得他的行为带着一种强烈的顺从，好像是大人说什么就是什么，我最看不惯这样的人，年长几岁又如何？我坐起身，故意用一种冷冰冰的语气问，你看的什么书？

他把书立起来给我看封面，喏，这本，刘晓庆的《我的自白录》。

这是外婆家书柜里的一本书，是母亲曾经带过来的，我从来没有翻开过，但是他却看得出神，我问他，好看吗？

他歪着头想了一下，好看，我就想成为这样的人。

我继续盯着封面，上面写着：从电影明星到亿万富姐儿。我问，你是想做明星还是想做富翁？

他笑了一下，都想。

03

王凯长得很好看，用外婆的话说是很喜人，浓眉毛大眼睛，红扑扑的鹅蛋脸，浓密的头发还有一个斜刘海，每天的衣服基本都是浅色，领口只松一个扣子，穿一双皮凉鞋，完全没有小孩子的邋遢。再看看他身旁的我，外婆微微摇摇头。

在那座钢铁厂背后平房的宿舍区里，王凯也是最受人瞩目的孩子，不仅仅是外婆眼中的读书好，人也乖，更重要的是他有威信，用现在的话说是典型的"别人家的孩子"。

三五日我们便混熟了，他便让我进入他的圈子，他告诉我，在这个小地方，不怕混不熟，就怕被排挤。我听着他像大人一般的口吻，没办法接话，只能抬着头张着嘴愣愣地看着他，这个表情一直持续了很多年。

我第一次被他领着去玩的时候，才发现原来宿舍东边所有的孩子都会聚集在这里。宿舍分东西两半，以一座荒废的学校为界限，彼此少有来往，而我们东边所有的孩子，每天下午都会聚集在学校里，而王凯就是这里的组织者，大家叫他凯哥。

我问他，有些人比你还大，怎么叫你凯哥？他眯着眼睛看我，等会儿你就知道了。

孩子们三五成群站在空地上，王凯领着我到处走，介绍他们给我认识，我头一次发现了类似黑帮电影里的眼神，那些人看王凯的眼神带着敬畏、害怕，更多的是崇拜，顺带我也沾了光，他们都乐意和我说话，往我手里塞洋片，我头一次有这样的待遇，于是我看王凯的眼神马上和他们一模一样了。

等到人差不多齐了，王凯挥手让大家聚集在一起，询问每个人暑假作业的情况，督促完成的进度，那架势仿佛和学校的老师一般，连那些比王凯年长的人都唯唯诺诺，之后他清清嗓子，开始讲故事。

王凯讲的故事实在是好啊，那些无非是动画片情节和报纸上看来的文章，被他绘声绘色一讲，仿佛是第一次听到一般，所有人的神情跟着他的语气发生着变化，时不时还有或惊叹或惋惜的声音。

更让我惊奇的是，那本他在外婆家看的书，都能被王凯拿出来绘声绘色地描述，那个大人光怪陆离的世界，注定对小孩子有着无穷的吸引力，每个人都听得入了迷。后来我问他，你怎么这么会讲故事，你能记得住吗？

王凯骄傲地抬起头，我好像就是有过目不忘的本领，我希望将来像风一样，到外面去，我想做一个演说家，或者是作家。你说我能成吗？

我的鼻涕快从鼻子里流出来，我使劲吸了一下，用力地点点头。

04

那时的王凯对我而言是高大上一般的存在，他每天带着我参加各种小孩子的聚会，他会给他们讲不同的故事，带着所有人去煤场放风筝、打羽毛球，然后在草丛里站成一排撒尿，无论现在看起来多么荒谬的事情，那时跟着他都觉得天经地义。

只是我骨子里依然顽劣，不爱写作业，渐渐厌烦了他每天的大道理，开始躲着他，不是称病就是说今天犯困，一开始他见我意兴阑珊倒也从我，两个星期后便不依不饶，我不听话，他便摆出一副臭脸，我大声喊，你那些糊弄小屁孩可以，对我没用！

　　他盯着我看了许久，拉着我坐下，认真地问我，你将来想做什么？

　　不知道别人如何，在我年少的时候，人们还不流行谈论人生和梦想，这样的词汇还没有进入我们的生活里，大家最爱谈论的是你将来想做什么，成为如何的人。我从小的观点就是过好今天，对于未来，从没有想过。

　　于是我愣了一下，没想过啊。王凯斜眼看我，你都十几岁了，应该考虑一下你的未来。

　　我反问，那你呢？你就想过吗？王凯点点头，当然，我马上就要中考了，我要上重点初中、重点高中，将来上重点大学，然后去北京和上海工作，还要把我爸妈都接过去住，让他们过好日子。

　　我问，在这里不好吗？王凯冷笑了一下，这里有什么好？四方的天，四方的地，一辈子穷。还是外面的世界好，我是肯定要走出去的。

　　那天王凯对我说了很多很多，说了他的计划他的构想，他要如何完成自己的目标。那天他走后，我思量他的话，感觉自己身体都热了起来，心在不自觉地躁动，感觉从脚底有一股热气冲了上来，头里晕晕乎乎的，脚下一个站不稳摔在了地上。

　　外婆以为我病了，着急给我找医生，我躺在床上，感觉眼睛里亮亮的有东西，我知道自己身体没事，是脑子病了，我感觉自己以前的日子都白活了。

05

　　自那以后，一到寒暑假，我有事没事就往王凯家跑，跟他参加聚会，并且自愿担负起了组织的责任，挨家挨户唤他们来聚会，也在穿衣打扮上刻意朝他学习，把仅有的几件衣服每天洗得一尘不染，开始整牙，留长头发，拼命练习跑步，参加学校鼓号队，报名作文训练班，把曾经不愿意做的事情都做了。

　　王凯初中毕业的那个暑假，他第一次主动来外婆家找我，进门便愣住了，他疑惑地问，你是⋯⋯

　　我也奇怪地看着他，我是我啊，不然能是谁。他拉过我仔细端详，好像变得和以前不一样了。我抿嘴一笑，是不是挺像你的？他慢慢地点点头，确实变化挺大的。然后他又像突然想起什么事情似的说，对了，我成功了！我考上重点高中了！

　　我也替他高兴，兴高采烈地抓着他的手，激动地大叫了起来。但和曾经不同的是，我激动的不是他可以成功，而是我从他的身上看到自己的未来，他可以做到的，我也可以。

　　那个暑假的第一个月，王凯表现得格外勤奋，几乎每天都聚集小伙伴们在空地上讲话，他兴高采烈地分享自己考上重点高中的心情，规划自己的未来，描绘自己去大城市之后的生活，我耐着性子听，环顾四周，发现至少有一大半的人和我是一样的心思。

　　后来他便很少出现在宿舍里了，听他奶奶说是他的父母把他接回家，参加各种各样长辈的聚会，接受学校的表彰，他给我打过电话，兴奋地告诉我他去的酒店如何的金碧辉煌，他拿到的奖金如何的多，我听着不耐烦，以后便不接他的电话了。

王凯不在，我便担任起了孩子王的角色，外婆喜滋滋地说我今非昔比，家里来找我玩的人络绎不绝，大家像曾经看王凯一样的神情看着我，我也效仿他给他们讲故事，安排游戏，督促作业，每天忙得不亦乐乎。

只是，偶尔心里会有一点沉甸甸的，王凯如果回来，我该去哪里，是不是大家又会回到他的组织之下，王凯知道我现在成为他曾经的样子，会不会不开心？可我转念又想，自己又做错了什么？我是真的很想成为他的样子啊。

那一日我正在空地上给他们讲清朝覆灭的故事，王凯突然回来了，他高兴地吆喝大家来拿礼物，摊开的塑料袋里有各种点心、饼干、铅笔盒、钢笔。他眉飞色舞地讲述那些已经说过无数次的构想，他把那些礼物塞进每个孩子的手里，完全忽略了他们脸上略带嫌弃的表情。

后来，一个孩子把手中的点心丢在他面前，嘟囔着嘴说，我不要，我还是想听清朝的故事。结果其他的小伙伴也纷纷效仿把礼物放回到袋子里，然后转过头期待地望着我。

王凯站在原地愣了很久，不可置信地瞪着我，然后转身跑了。那个时候的我，不知道是该高兴还是该难过。

06

我初中毕业后，外婆家搬到了市中心的楼房里，我也上了外地的重点高中，曾经的老房子便再也没有回去，儿时的伙伴们都断了联系，唯一还有几次来往的便是王凯了。

那时我在想，王凯肯定以一个胜利者的模样，坐在高三的课堂上，准备迎接属于他的果实，他像是早早规划好自己的英雄梦，最终踏上了充满鲜花和赞美的道路。而我，无论如何追赶他的脚步，都注定像夸父追日一般，只要他一日不停，我便追赶不上。

高中的学业陡然加重，我的成绩开始下滑，曾经拼命努力保持的全班前五名，现在连前二十都进不了。担心害怕之余，我想起了王凯，向父母打听到他的学校和班级，战战兢兢地给他写了第一封信。

那时他已经进入了高三，学业注定比我烦琐很多，但我却在第一周就收到他的回信，他在信中依然是一副信心满满的样子，除了三言两语告诉我学习方法，其他大部分时间都在讲自己高中优秀的成绩、优异的社团表现和额外的社会实践。

我们开始成为笔友，几乎每周都要通信，而他的回信却几乎千篇一律，一开始我带着溢美之词夸赞他，可渐渐地自己有了应付的心，开始放缓了回信的速度，而他的回信则更慢，语气也从最开始的自信，变成了之后的疲惫、焦急。

其实，他在信中也只提到了只言片语，但我依然知道他现在过得

压力很大，他提到自己开始失眠、头疼，神经有些衰弱，提到第一次的
月考成绩有所下滑，老师找他谈话。王凯在给我写的最后一封信里，他
说，为什么大家都要逼我？我一定能做得更好，为什么没有人再相信我
了呢？

至此，我们便断了联系。我又给他写了回信，然后又写了几封，都
石沉大海，然后他们那届高中毕业了，我也再没有去信，王凯于我而言，
已经是一个失踪的人。

而那时的我，已经和当年小学的毛孩子完全不同，我是学校的广播
站站长，拿到了全国演讲比赛第一名，每年的元旦晚会我是主持人，我
是学校的长跑冠军，拿到作文大赛第一名，学习成绩保持在全年级前十，
这些都是我曾经想都不敢想的。

高考后填报志愿，我又想起了王凯，我想如果我是他，我会报考哪
所学校，这时我才猛然察觉，王凯已经深深进入我的骨髓，我会不由自
主按照他的想法去做事，也会把自己放在他的立场去考虑问题，我一时
间有些恐慌，究竟是我变成了他，还是我本来就是他。

高中毕业后，我一度想见他又害怕见他，我搞不清楚自己的心情，
想问问他考上了哪所重点大学，生活在哪座城市，那个立志像风一样自
由的男孩，如今变成了怎样的大人。又害怕他不能如愿，从他的身上再
一次看到自己不确定的未来。

可十年过去了，我依然没能再联系到他。

07

　　2014 年的夏天，我从北京回到家乡办事，一天和母亲逛街时意外遇到了王凯的母亲，我没有见过她几次，反倒是母亲和她聊得熟络，她问起我的近况，一再赞许我今日的小小成绩，我几次张嘴想问王凯，却被母亲的眼神拦了下来。

　　临告别时，我忍不住问王凯的母亲，阿姨，王凯现在好吗？她点点头，这孩子啊，从小心太高，高考失败后就上了石家庄的大专，然后回来现在在一家公司做文员，不过结婚啦，挺稳定的。

　　我内心一惊，不露声色地说，我能不能要他个电话？

　　回到家中，我一次次拿起手中的电话，脑子里王凯的电话号码和微信号已经背得滚瓜烂熟，却迟迟没有勇气拨出号码，想了许久，我添加了他的微信。没过一会儿就被通过，我惊喜地看着他的头像，仔细端详他的模样，他主动给我发来了信息。

　　文宇，你好。

　　我盯着这四个字不知道该说什么，索然回复了几句，约好过几天见面吃饭，十几年未见，不知当年的我和他如今又是怎样的光景，越是想要寻觅曾经的什么蛛丝马迹，才发觉曾经的一切如此不堪一击。

　　我不断想象，再次见面我该如何做，是像多年未见一般来一个热情的拥抱，还是像大人一样握手？是像好友一般相谈甚欢，还是已经是陌生人般客气？而当我真的见到王凯后，我才知道，这些年的时光，终究是错付了。

王凯瘦了，黑了，曾经的浓眉大眼依然还在，却搭配在如刀锋般的脸上，显得不合时宜，个子长高了一些，却差我一个头，穿了一件普通的半袖，领口有些泛黄，泛蓝的牛仔裤皱皱巴巴，一双运动鞋的白边看不清了颜色。

文宇，你好。王凯走到我面前，向我伸出了手，眼神里带着一种拒绝和冷漠，我熟悉这种眼神，他曾经在看陌生人时就是这个神情。

我赶紧握住他的手，故意夸大语气说，凯哥，好久不见啦！咱哥俩有多久没见啦？

王凯松开我的手，自顾自朝里走去，我自知没趣及时闭嘴快步跟了过去，落座后他看了我一会儿说，十三年八个月。

我没反应过来，啊？他说，我们有十三年八个月没见面了。

我惊讶地看着他，这么久了？他点点头，嗯。

08

我可以预想到那顿饭吃得缓慢又焦急，各自沉默，各自心怀鬼胎，而这种心思，不是我所想的因为长久不见面带来的隔阂，而是我明白这样的鸿沟是自小就有，从他那一天坐在我的床前看书开始，就已经在彼此之间拉出了一道口子。

菜上齐后，王凯给我看微信里的公司群，他说你看，前几天我们老总给我们群发了一篇文章，说写得特别好，让我们每个人都阅读学习，我看完后才发现那是你写的，呵呵。

我脸一红，是吗？写得不好啊。他笑笑，挺好的，不错。

谈话就此打住，王凯坐在那里认真地吃东西，我在脑子里焦急地想新的话题，但我发现除了我们共同度过的几年寒暑假，几乎再没有东西可以讲，我又不确定这些陈年旧事他是否乐意听，只能一杯一杯和他不断地喝酒，我怕只要一停下来，沉默和尴尬就会像这空气一般蔓延在四周，任凭如何挥手都无法赶走。

后来王凯让我讲述自己的生活，我猛地喝了一杯，然后尽量不带感情色彩地讲述自己这些年的经历，我刻意回避掉一些成绩和闪光点，用旁观者的口吻像念报告一般说话，王凯的神情隐藏在酒杯后，看不清楚，只是觉得他的眼睛一闪一闪，仿若多年前的模样。

良久，他低低地说，这不就是我吗？这不就是我曾经想要的生活吗？为什么你可以，我却不行？为什么是你？凭什么不是我？

说完，他将瓶中的酒一口气喝光，然后醉倒在桌子上。

我看着他一脸惺忪，给自己慢慢倒了一杯酒，默默对他说，从小我就想成为你，我觉得你是个顶天立地的男子汉，你说要像风一样，你要去大城市，最后你不如愿，心里有苦我知道。曾经我想成为你，可后来我明白，长大后，我成为我自己。

你是我的哥哥、我的良师益友，我敬重你。说完，我低头干了手中的酒。然后王凯低着头，一把抓住我，他眯着眼睛看我，你好好干，加油，别像我一样被束缚住，到最后，后悔也来不及了。

我一把拉起他，对他低吼，没有人束缚你，是你太要强，要的太多。

09

后来，我回到了北京继续工作生活，直到 2015 年的春节前夕才回到家，外婆去世了，办完葬礼后，我和母亲坐下来聊天，说起了曾经在老房子的童年生活，也谈起了王凯。母亲擦擦泪，叹口气说，这孩子，命不好啊。

我问怎么了？母亲说，他妈前几天还来家里，求你爸给他找份工作，他之前在单位因为别人骂他窝囊，跟人打架被开除，家里赔了好多医药费。老婆也跟人跑了，他过得不如意啊，听他妈说他去了南方找工作，估计这春节也不回来了。

我听完心里堵得难受，回到房间关上门，偷偷哭了一场，不知道是替他难过，还是替自己悲哀，我刚满二十六岁，却感觉已经度过了一生，2014 年夏天看着王凯隐约的白发，感觉他的衰老，而这一瞬间，我觉得自己也老了。

我的书架最上方摆着一本书，是曾经王凯在我床边读过的那本明星自传，我之前从外婆家拿了回来，摆在了最显眼的地方。我从书架上拿出这本书，抚摸着封面看了许久，然后像下定决心般拿出手机给他打电话，不知道该说些什么，却觉得有些话想对他说，不料语音提示该号码是空号。我又打开微信给他发信息，页面提示此用户开启了好友验证。

毫无征兆地，王凯删除了我，他彻底退出了我的生命。

那几个晚上，我总是在做梦，梦到外公外婆，梦到老房子，梦到曾经的儿时的伙伴，梦到王凯，我们都还是年少的模样，流着鼻涕，拿着玩具手枪，我们听王凯讲故事，我们在一起做游戏写作业，那时，我们还是最好的朋友。

在梦里，王凯眼睛亮亮的，好像是午夜看到的星辰，他坐在高大的杨树下，穿着干净的白衬衣，他把一本书递给我，他说，我将来要像风一样，我要去外面的世界，我要上好的学校，去大的城市，要把我爸妈都接过去，过好日子。

你信不信？他问。

我仿佛有一种内疚感，又带着小小的庆幸，我过上了他曾经梦想的生活，又觉得这样的日子战战兢兢，我怀着一直以来的信念继续前往，却又对这样的笃定一次次自我怀疑。但我明白，无论我如何怀疑，这条路我无法回头，我们选择了各自的生活，就注定要为它付出代价。

我和王凯，都一样，都一样流离失所，都一样无处安身，都一样为了青春赴汤蹈火，只是他选择了不甘心，而我选择了遗忘。

本以为，我们都是同方向的季风，最终缠绕在一起成为风暴，却因为早已在不同的世界，最终各自背道而驰，而未来，终将是我们各自归去的远方。

相聚不如相忘，离别不如永别

我开着车，在去同学家的路上。

是我的初中同学，前几天给我打电话，之前我一看是个陌生号码以为是骗子就挂掉了，后来又不停打了几遍，这才接起来，听筒那边立马响起热情洋溢的声音，老同学？还记得我是谁吗？

我一愣，谁？那边说，我啊！大伟啊！你的初中老同学啊！

这下我想起他是谁了，我连忙说哦哦哦想起来了！那边哈哈大笑，过年回家了吧？我要结婚了，请你来参加婚礼啊！我说了几句恭喜和一定参加的话就草草挂了电话，一边思考他是怎么知道我电话号码的，一边拨通了我好朋友小胡的电话。

话还没说，小胡就神秘兮兮地问，你是来跟我说大伟结婚的事情吧？我乐了，你还真是神通广大啊。小胡喷喷了一下，我也是刚才接到他的电话，是我告诉了他你的号码。

我就知道是你这孙子告诉的。小胡是我最要好的初中同学，算是发小，我们之间到今天都无话不谈。我问他，我和大伟自初中毕业之后就再也没联系了，他怎么会让我去参加他的婚礼？小胡说，我也不知道，他问了我我就告诉他了。

我点点头，也是，去就去吧，就当凑个热闹。

结婚举办典礼的前一天，我们都会去邀请方的家里做客，一是去提前恭喜，二是去帮忙，看有什么散活可以做，妈妈在走之前就再三叮嘱，穿得好点体面点。我问，穿那么好干吗？又不是我结婚。

我妈教育我，这你就不懂了，初中同学十几年不见，你又从来不参加同学聚会，好不容易聚到一起，穿得得体点总没错。我不耐烦地应付着，最后还是穿了一套运动服就出了门。

结婚的人叫大伟，在初中时就是个混混，整天欺负班上的同学，其中当然以年龄最小个头最矮的我首当其冲，他往我的铅笔盒里塞死昆虫，体育课上跑步把我绊倒，放学堵在路上问我要钱，当年的恶行真是罄竹难书。

可过去这么多年了，儿时的恶作剧也不用再提，况且也没人真正在意，可我此刻正在去他家恭喜他结婚的路上，想来也是有点讽刺。

到了大伟家，同学们还没来，大伟也不在，我无所事事地坐在床边看手机，过了一会儿就远远地看到当年的班长走了进来，还举着一台小型的摄影机，一边拍一边嘴里念叨：现在我们已经到了大伟家，马上就要见到当年的老同学，想想还真是有点激动呢！

等他走近了我抬手打招呼，班长见到我热情地和我拥抱，我一时间被他这种热情搞得有些不自然，他的脸上堆满了笑容，哎呀，老同学，你可是太难请了，咱们班聚会了好几次你都不来，看起来还是大伟有面子啊，哈哈哈哈！

一句玩笑话说得我心里有些别扭，我只能打着哈哈说，哪儿啊，你们聚会我都不在太原，大伟结婚也正好赶上过年，我这不是赶紧来给大家赔礼道歉来了嘛！

班长拍着我的肩膀大笑，岂敢岂敢，你现在是咱们班里混得最好的，又是公众人物，可是出名了呢，连我们报社的领导都推送你的文章给我们看让我们学习啊！这事儿我和你说过的对吧？

我讪讪地点了点头，又赶紧说，什么名人啊，我撑死就是一个人名儿。

这时小胡也推门进来，正好听到了班长和我的对话，朝我努努嘴，做了一个恶心的表情，我苦笑了一下。班长草草和小胡打了个招呼就拿着摄像机出去了。

我对班长的热情并不奇怪。以同学集会为名的聚会一年会有好几次的邀约，初中的、高中的、大学的，自从我去过一次高中同学聚会之后就婉拒了所有的邀请。大家无非是吃饭喝酒加上缅怀青春，总觉得无趣一些。

小胡拉着我坐下，偷偷告诉我，今天很多同学都会来，我觉得会有好戏看。我奇怪地看了他一眼，能有什么好戏？难不成会打起来？小胡诡异地一笑，等会儿不就知道了。

过了半晌，初中同学们一下子就都到了，看起来平日里大家确实聚得很少，有些人需要分辨好久才能认出是谁，话题除了寒暄，自然也免不了回忆一下当年上学时的情景。进入社会以后，我更是很少和老同学联系，倒是大伟的婚礼让我一下子见到了这么多同学，看着大家热情不减，心里倒是多了几分安慰，曾经对同学聚会的偏见也打消了许多。

班长先起了话头，我刚来的时候经过了咱们上学时的那条小路，已经被改造了，完全认不出来了，特别宽敞。

坐在我旁边的丽丽也点头，是啊，当年我们都是结成三四个人一起上学回家，还买路边的烤串和烧饼吃，也不急着回家写作业，真是好难忘的回忆啊。一段话引得大家纷纷点头。

对面的女生也说起了话，我到现在还记得，那条路上有几个下坡，骑着车子飞快地驶过去，感觉裙子都要被掀起来了，特别过瘾啊！哈哈哈哈……说着她自己先笑了起来，一屋子的人都在笑，这时班长说，你好像不走那条路吧？怎么也会被掀裙子啊？

女生的脸突然一下子红了，谁……谁说我不走的，我如果放学去我姥姥家，也要走的啊，你不信你问小刘，问他说是不是？小刘则连连摆手，不要问我啊，这么多年了，我怎么记得你走没走过那条路啊。

女生打了他一拳，好你个小刘，你还是和当年一样，从来不向着我说话。屋子里的同学又在哄笑。

班长抬手让大家安静，然后把摄影机对准了我，他说：哎，你和大伟的关系最好，你跟我们说说，大伟是一个怎样的人吧？我惊讶地看着他，你说什么？小刘也嚷嚷，就是啊小宇，大伟说了，说这些年就你和他联系得最多，你们毕业后成了最要好的朋友，不然他的婚礼你能是伴郎吗？

　　我瞪着眼睛问，我？我是伴郎？这谁说的？班长乐了，这有什么不好承认的啊，大伟早就定了呢，我前几天还和大伟说给他做伴郎，他说早就选定你啦！哈哈！难道你贵人多忘事，给忘记了？

　　我看着小胡，小胡一脸你看吧早告诉你有好戏的表情。

　　这时大伟走了进来，一屋子的人都在起哄，大伟你说，你是不是让小宇做你的伴郎了？小宇还否认呢，你说该怎么罚他啊？大伟先是微微一愣，然后一拍脑袋，哎呀，瞧我这猪脑子！然后他过来拍着我的肩膀说，兄弟我这几天太忙了，把这么重要的事情给忘记了，我想让你给我做伴郎，你看咱们这么好的关系，你不做伴郎是不是太可惜了？我现在说也不迟吧？你可不能推脱啊。

　　我看着一屋子的人实在没办法，最后只能应允了下来，大伟满意地大笑，你看我说什么来着，小宇就是我最好的哥们儿，哈哈。

　　在大伟家待到半夜，我和同学们出来准备各自回家，一阵寒暄道别后，我和小胡因为去买烟又耽搁了一会儿，结果路上已经没有人了。我问小胡，大伟这是怎么了？又说我们关系好又让我做伴郎，我们自初中毕业之后就再没联系了啊。

　　小胡想了想说，可能是觉得你在北京工作，有办法，听说大伟做生意发达了，越做越大，已经是个老板，或许有些事情需要你帮忙，你没看他见谁都说你是他最好的哥们吗？估计有这层意思在。

　　我疑惑地问，不对啊，我在北京他在太原，山高皇帝远，我也管不了他的事情，我也不懂生意啊。小胡说，不是说非要帮忙才行，是看你或许有用，将你列入备用人脉里，这就是拉拢的好机会。

我看着小胡，有这么深的心机？不能吧？

我们一边说话一边往外走，刚走到小道的拐弯，就听到前面有两个人在说话，听出来是小刘和班长，刚要追上去打招呼，就听班长说，这个傻瓜，如果不是看在他是老板，我才不要来他家里，还得低三下四给他做什么破摄影，他也配？当年不就是个混混吗？有几个臭钱就了不起了？

小刘附和地说，人都是这样子的，你看那个小宇，不也是巴巴地给人家当伴郎吗？还在北京混的人呢，我看也是个白眼狼，你看他今天穿的那一身便宜货，也不觉得丢人。

班长啧啧两声，就是运气好而已，什么破作家，现在以为自己就是个名人了，得意扬扬的样子以为谁看不出来。以前不还是跟在我屁股后面跑的，之前叫他参加聚会从来不来，给我摆谱，大伟结婚来得最早，想巴结也不用这么起早贪黑吧。

我和小胡面面相觑，不知道该说些什么。

回家躺在床上，心里某个地方在隐隐作痛，翻来覆去地睡不着，不知道在想些什么，微微有些苦涩，清晨时好不容易睡着了，醒来后两个浓重的黑眼圈。今天是大伟结婚办典礼的日子，本想推脱不去，可自己是伴郎又实在没理由，只好打起精神拿出礼服准备。

我妈靠在门框上看着我问，怎么，昨晚没睡好？我点点头，她又问，昨天受刺激了吧？我转过头问她，你怎么知道？我妈耸耸肩，早就提醒过你了，你不信。

清晨去大伟家和新郎官一起去接亲，然后返回家进行一系列的认亲仪式，再到酒店站在门口一起迎宾，最后陪着举行酒店里的仪式，敬酒的时候我找了个借口说身体不舒服，就找到同学那一桌，挨着小胡坐下。

班长堆着一脸的笑，哎哟伴郎来了，不用陪着大伟敬酒吗？我微微一笑，胃疼，不太舒服。班长马上关切地问，没事吧？是不是早饭没吃？我到附近的药店去给你买点药吧？

我连连摆手，不用不用，我吃点东西就好。小胡看着我，似笑非笑，掏出手机打了几个字偷偷给我看：真恶心啊，我也胃疼。

酒过三巡，大家的兴致又来了，昨天没去大伟家的几个同学今天也是第一次见，自然话又多了起来，听了许久觉得意兴阑珊，想着赶紧离开这个是非之地，免得惹火上身，结果怕什么来什么，一个女同学把话头又引到了我头上。

小宇，听说你现在是我们班混得最好的了，给我们讲讲成功之道呗。一时间整个桌子的人都沉默了，有些人脸上的笑意还没有隐去，有些人的表情带着吃惊和不理解，我一时开始结巴，没、没有啊，听谁说的？我就是个在北京打工的。

小胡连忙打哈哈，是啊，是啊，别说这些没用的，来，大家喝酒。

小刘接过话头说，哪儿啊，人家在北京有车有房还开着公司，还写书做节目，这叫混得不好？这让我们这些普通人的脸往哪儿搁啊，你就说说嘛，有什么害羞的呀。

我站起来端着酒杯，没说话，一口喝了下去。

班长看到气氛有些不对，连忙制止，啊，对对，不说这个，别光喝酒，来吃点菜。说完给我夹了一筷子菜，然后说，不过你能在北京买房买车，这真的是让我们这帮老同学羡慕啊，以后有什么发财的机会别忘记我啊！

我只能连连点头，肯定的肯定的。

小刘不依不饶，你买的车多少钱啊小宇？我打着马虎眼，二十多万吧。旁边的丽丽说，才二十多万啊，怎么不买个好点的啊？我说，穷啊姐姐，不然你给赞助点？一桌子的人都笑了。

擦了擦额头渗出的汗水，小胡又把话题引到了别处，大家聊起了其他有的没的，眼看宴会就要到结尾，我起身准备开溜，大伟和新娘端着酒盘来敬酒，我又被小胡生生按回到了椅子上。

大家已经喝得差不多了，起哄让大伟和新娘表演节目，一桌子的人又笑又闹，谁也不放过能够整新郎的机会，敬过一圈之后，大伟把酒杯举到了我面前，满身酒气地说：兄弟，感谢……感谢你来给我做伴郎，这份恩情，我大伟没齿难忘！

我连忙客气，对面的一个同学起哄，大伟，当年上学时你最爱欺负的就是小宇了，每天和他作对，怎么现在你们就成了这么要好的朋友了？这中间到底发生了什么啊，不给我们讲讲？你这大老板就连交朋友都这么神秘啊。

大伟哈哈大笑，其实也没什么啊，小宇现在是公众人物，每个人都想结交啊，难道你们不是吗？只是我大伟有钱有办法，只能先你们一步了哦！

眼看着一桌子的人脸色骤变，新娘子赶紧圆场，大家别介意啊，大伟喝多了，这人喝多了就爱胡说，大家都是好朋友好兄弟，什么高低的，不讲究那个，今天是个好日子，大家开心点！小胡也忙说，对对，别听大伟胡说，同学之间哪儿就那么多见外的话了。

可已经喝得醉醺醺的班长并不领情，一把推开小胡，走到大伟面前说，有钱？有办法？有钱就是一切吗？有办法就天下无敌了？别忘记了大伟，当年你在班里是什么模样，老师又是怎么对你的？你今天结婚大家都是诚心诚意过来祝贺，你干吗说这么扫兴的话？

大伟放下酒杯，盯着班长说，你也知道我今天结婚？你也知道我有今天？对，没错，我曾经是成绩不好，是个混混，但我不会永远都是那个样子，你呢？你们同学聚会了那么多次，叫的都是现在混得好的人，叫的都是好学生，你们叫过我吗？叫过我一次吗？

班长刚要张口说话，大伟一抬头制止说，没有！一次都没有！我知道你看不起我，很多同学都看不起我，但我就是要混个样子出来看看！我不是一无是处的，而且也有人不买你们的账，你们叫了小宇那么多次，人家去吗？不也照样没去吗？你们想巴结人家，人家也得给你这个机会才行。我不怕别人说我，我就是巴结了，你能怎么样？但我不是眼前巴结背后冷嘲热讽的那种人！

　　说着大伟拉过我，我告诉你小宇，你知道他们在背后怎么说你吗？他们……

　　话还没有说完，大伟就被一群同学七手八脚地拉走了，有人过来劝班长和我，我摆摆手说没事，他喝醉了。然后我稍微整理了下衣服起身告辞，走之前我看了一眼坐在椅子上的班长，他脸上青一阵红一阵，眼睛直直的不说话。

　　回到家我想起了小胡的话，真是一场好戏啊。

　　是的，真是一场好戏，只是没想到自己竟然成为这场戏的主角，甚至是丑角。

　　每个人，都有自己生存的位置，有人生来高，有人生来低，有人生来心有不甘，有人生来学会安逸，只是，我们都忘记了，我们不是自己自由自在地活在这世界上，背后有多少双眼睛在盯着自己，又有多少种犹如利剑一般的中伤刺穿自己以为百毒不侵的心。

　　我不介意别人如何评论自己，我也不在乎旁人的误解和不平，我只是在想，相聚的时日如果是这般景象，倒不如各自相忘，如果离别之后能够依然保留些许美好，那么就让这再见成为永别。

　　我不想看着我和曾经的故友各自为营，也不能想象这场景背后又有多少类似的桥段上演在我未曾看到的世界里。

　　没人能够逃过别人的悠悠之口，正如我们也在随意评论和猜忌着别人，毫不自知，沾沾自喜。

　　可笑的是，我们都是这样的人，连自己都不能例外。

Afterword

后记

我还是想再努力看看

这本书写到后半段的时候，我整个人感觉要窒息了，不是忙碌，而是心慌。

那时正是刚刚过完春节，我还没有回到北京，看到很多人都已经开始这一年的忙碌了，每一年的开始我都有些姗姗来迟。

今年的春节过了几天，我就病了几天，从除夕开始输液，一直输到正月初六，哪里都没去，没有看电影没有吃饭没有聚会，过年的新衣服至今还在衣柜里整整齐齐地叠着，我和我妈说这个年感觉还没有过。我妈说，怎么没过，没过也过去了啊。

我躺在床上没说话，量着体温看着窗外的好天气。心里想，不管是浑浑噩噩，还是兢兢业业，反正一天天地，就这么过去了，就像我妈说的，感觉没过也过去了。

过年时住的是家里的老房子，我从初中就住在这里，十几岁的年纪无所畏惧，每天上学下学没什么新鲜，也是少不更事，从不觉得那有多好。

反倒是十几年后，越发觉得曾经的时光纯真烂漫，尤其是最近看了一部网剧，又躺在病榻无所事事，心里翻江倒海地回想起年少时光。

曾经做过的事、遇到的人、错失的机会、留住的回忆，都是在那些过去的时光里唯一的凭证，觉得再好、再留恋，也终归是过去了。

02

可是我啊，心里就是有一份不甘心，总觉得自己还没有长大，没有成熟到非要做一些轰轰烈烈的事情，就好像已经过了要冲要拼的年纪了。

尤其是在今年年初时，我停掉了手头的工作，停掉了进行得不顺利的新书写作，甚至停掉了一直以来坚持做的播音节目，我觉得何必呢，我这是干吗呢？我图的是什么呢？

坦白讲，我不是一个乐观的人，我也曾无数次想过要放弃，有时我会觉得自己生不逢时，有时我会认为自己运气不好，有时给自己占卜塔罗牌会泄气，有时因为几句话也会失落。我曾一次次告诉自己，不然就算了吧，做个普通人也挺好。

这样的想法，在我年底做电台的改版时，尤其强烈，几乎动摇了我继续做下去的信念，我和朋友说，不然就别做了吧，感觉做了许久也没什么用处，也不知道究竟为谁做。一个兴趣爱好而已，别太当真了。

朋友说，你放不下。我说怎么放不下，说不做就不做了。她没有回复，给我发了一个笑脸。

我看着手机屏幕由亮变暗，心里微微有些懊恼，为什么在别人眼中我就一定要坚持呢？为什么我就不能放弃呢？

03

就拿播音来举例吧。

细细算来，我从 2002 年做地面电台主播，到 2007 年接触网络电台，一晃儿也是十几年过去了。一个人做一件事坚持十几年不容易，尤其是对于我这种喜新厌旧的性格，除了写作，也就是播音主持一直这样做了下来。

我曾细想过为什么要做这行，官方的理由说得冠冕堂皇，但时间久了也觉得说服不了自己，看着现在播客遍地开花，很多人做得有声有色，自己的时间和精力越来越少，急流勇退也不是不可以。

但最近两年我几乎是硬着头皮在做节目，当能够从这中间获得的乐趣越来越少的时候，我几乎想不出一个理由说服自己继续坚持下去。

看过一本心理学研究的书，说到一个观点是，什么都没有的人，才不会害怕失败，得到越多，才越惧怕失去。有时想要放弃，想想是真的不愿意继续，还是开始害怕失败。

一开始我对这句话没什么感觉，前一段时间它才突然又蹦回脑子里。顿时觉得有道理，我确实是有些害怕失败，或者说从没有真正成功过，所以没有办法再失去更多。

现在的网电大环境已不像当年，许多优秀的主播有各自的平台，曾经我带出的新人如今也成了前辈，说没有压力是胡扯，但也不至于逼迫我知难而退，更多的是源于自己。不知道你是否有这种感觉，赶了那么久的路，然后突然就忘记了，自己为何会走到这里。

就是口口声声说不忘初心，心里也时时惦记，可是后来猛然发现，心里那一点初心，已经微茫到发不出一点光亮，没办法支撑自己继续往前了。

04

这时我突然发现，初心已不再是当年光景，也不再重要，不管是写作还是播音，不管是工作还是生活，都是如此。

当我从不把所谓名利看得过重，也不愿意为了现在改变自己，仅靠初心维系自己努力坚持的理由时，突然察觉初心早已卑微，那时所有自我的坚持和信念，就一瞬间崩塌了。

这种感觉特别不好，曾经有风言风语传到耳朵里说我特别想红我不辩解，曾经说我爱装高冷不好接近我保持沉默，都源于走自己的路清者自清，而今连自己都开始摇摆不定犹豫不决时，那些来自四面八方的风就会灌满自己的心，吹得我晕晕乎乎，不明了方向。

我从不过多和人谈心，旁人眼中我都是倾听者，我一直都自认可以很好处理内心的纠葛，但我其实最擅长的就是不闻不问，我相信人的自愈能力。

可当一种类似逃避的心态出现时，绕过去走躲着走最实在，习惯扮演了我很好的样子，习惯让自己不表现得太过脆弱，并且觉得这种伪装十分有必要，毕竟没有人会真正在意自己的纠结，所以这么多年我一直都是这么过来的，有人说逃避不好，可我觉得当你习惯的时候，就不把它叫作逃避，而是一种处理生活的方式。

电影《夜宴》里有一句话说，真正的好演员，是把自己的脸，变成面具。

05

只是在今年的春节，当土崩瓦解的感觉涌上心头时，我实在没办法继续装作若无其事，想到了放弃。这种想法，整整维持了我过去的一年，我想放弃许多事情，做一只鸵鸟，反正我不说，别人都会以为我很好。

后来，我短暂选择了逃离，放下工作，不再写作，停了节目，外出旅行。我一直都觉得自己应该过得更好，可心里也着实委屈，我曾觉得付出没有回报，后来才发现走在路上的人又不仅仅是我一个，当我从感叹运气不好到承认是自己不够好的时候，反而就会更加沮丧。

而这种失落，最明显的反应就是我不想再继续做电台了，我也不想写作了，我想放弃了，就过个平凡的日子就好。

只是我犯了一个错误，我不做怨天尤人的人，却总有一股劲还在心头，如果明明白白放弃倒也罢了，可偏偏又是一个不爱甘心的。

于是我想那就想个理由，支撑自己继续做下去，我想了许久，任何理由都能被轻易驳倒，连初心都无法说服自己的时候，其他理由更是微不足道。

所以那时我特别心慌，我不知道自己该怎么办，也不知道自己该如何走下去，仿佛前面已经看到了尽头，又不甘心就停留在这里，前进也不是，后退也不行，就卡在了中间，心没有了方向，慌得六神无主。

06

春节前夕，当我准备录制改版预告时，遇到了许久未见的朋友，已经有三四年断了联系，她在 QQ 上叫我，远近，好久不见，在吗？我忙说，在的，好久不见了。

后来我们絮絮叨叨说话，她是我最早加入网电时遇到的伙伴，那时她是一家网络电台的管理人员，一手将我带入这行，教会我直播软件，给我策划节目，算是我的伯乐。

她对我说，我已经做妈妈了，孩子上了幼儿园，我现在让我的孩子听你的节目。

我微微有些吃惊，问她：你现在还做节目吗？

她哈哈一笑，早不做了，我们那时所有做节目的人，就剩下你一个了。大家成家的成家，养孩子的养孩子，只有你，好像和从前一样。

看了这话，我不由心里一震。

只有我吗？只剩下我了吗？曾经各种主播群里浩浩荡荡几百人，她认识那么多的主播，做过那么多网络上炙手可热的节目，有过那么多丰富的经验，最后就剩下了我吗？

聊天的最后，她突然对我说，远近，你可要继续做下去啊，好多人现在不做节目了，都被这个世界改变了，我希望你永远别变，我们都在听你的节目，听听节目就好像自己也没变一样。

她说，可千万别放弃，你得让我们看看，不被世界改变地一如既往地活着，也能活得这么好。一定要加油啊！

07

那一个瞬间，我突然明白了，我眼眶发红地和她说了再见，也忘记加微信，看着她的头像暗下去，有种感觉我们又会是好几年不再联络，她突然找我说话，仿佛就是来救命一样，完成了使命，就会再次离开。

那个晚上我失眠了，我细细回想起这一路走过的点点滴滴，在网络上搜索曾经相识的人的名字，有些更新状态停在了几年前，有些早已没有踪迹，曾经红到圈内皆知的主播微博都在晒娃，曾经台里的领导如今发的消息都是岁月静好，曾经认识的作者现在做起了淘宝生意。

我不知道这些年他们走过了怎样的路，他们在放弃的时候，是不是也和我一样，充满了不甘。

那时我心里不由生出一种悲壮感，带着一种过来人的使命。

我不能放弃啊，放弃了曾经的那些人就一个都不剩了，放弃就承认了世界对自己的改变，放弃就意味着自己走上了另外一条路，或许就没办法回头。

人和人毕竟是不同的，无论是天赋还是运气，都是人各有异，正如一句话说——运气和天赋既是问题也是答案。我就是这个样子，没办法成为别人，但如果也成为不了自己，那才是自己的问题。

为了不被这个世界改变，我暗自下了决心，只是证明我还在，我也不能无缘无故地就这么对世界缴械投降。

08

后来，我一口气录了改版预告和全新的节目，又写了全新的故事，当我合上电脑时，我释然了许多。

说句很不要脸的话，我终究是吃这口饭的人，我终究是一个心高的人，我终究是一个不撞南墙不回头的人，哪怕是为了那些离开的人，我也不能放弃。

既是为了自己，又是为了故人，我都不能在这个时候选择退缩。

而更重要的是，我啊，还是想再努力看看，看看自己还有什么可能性，当我已经写了各种文章，制作过各种类型的节目后，我还是想再努力看看，或许努力了也不会比现在的结果更好，但是努力了才能甘心。

说老实话啊，这想法是我这些年最单纯的一次了，曾经做事我还有点虚荣心，希望获得肯定关注，希望有所突破，可这一次我就想老老实实本本分分做点事情，尽管嘴上抱怨心里纠结，可睡过一觉之后，该做的事儿还是要做。

没办法，因为除此之外的任何选择，我们都会不甘。

我是一个不信命的人，我更相信人定胜天，到最后虽然人往往胜不了天，但好歹心里有点念想，我现在觉得有念想真的太重要了，除了继续向前去努力，我们也做不了别的了。

我们这群人呐，天赋一般，运气一般，世界上多得是我们这样的人，可能够走到这里的往往少之又少，扪心自问，我还能努力，为什么选择不呢。

如果不再努力试试看，也许就真的什么都没有了。

09

说了这么多，我想应该表达清楚自己想说的意思了。

你必须先伸出自己的手，才能接受来自这座城市和周遭的一切，可当你接受善意的时候，同样也在接纳着所有的不解和敌意，在没有人理会的日子里，在没有人理解的日子里，在那些独自录音和写作的日子里，我都是这么一遍遍安慰自己的——

忍忍吧，再忍忍吧，忍过去就好了，我不就是选择了这条路吗？那这路上的所有掌声和诋毁，这路上的一切曲折和坦途，本来就是早就预料到的，那么就要坦然接受。

接受了，理解了，平复了，融化了，然后再咬紧牙关继续走下去。

感谢公司和编辑，感谢父母，感谢读者，感谢我一直以来都心怀感恩的人，不想赘言，希望你们都懂，也都在。

特别的感谢，留给那些一路上和我一同成长起来的伙伴，包括书里写下的那些人，包括曾经和我在一个团队的主播、和我一起写文的作者，还有曾经在我荒废多年的博客里留言的读者，感谢那些曾经结伴而行的人。

无论你们是否能够看到这里的文字，我相信多半是看不到吧，但还是要说一声谢谢，是你们影响了我的道路，我会替你们好好继续走下去，放心吧。

我还是想再努力看看，无关成败，不是初心，只为你们。

我会好好守住自己的梦，如你们曾经那般用心。

这么远那么近